Meuterei auf der Braganza

von
Peter de Buhr
und
Frieder Grävemeyer

eine Dokumentation
nach historischen Quellen

Inhalt :

1 Einleitung

Es waren wohl die härtesten 1500 Seemeilen, die der junge Seemann Hans Knudsen in seinem Leben segeln sollte, bevor sich das große Schiff unter vollen Segeln mit gewaltigem Krachen auf die kleine Sandbank Memmert schob. Dort saß es nun hoch, trocken und fest. Schaden hatte es nicht genommen.
Die ‚Braganza' war, wie alle Atlantiksegler, mit Kupfer beschlagen und ihre Ladung bestand aus Zucker.
Es war der 23. August 1838. Die Dämmerung setzte gerade ein.
Ihr Kapitän, ein Mann namens Cornelius Wilhelms, gab seine Befehle ruhiger als die letzten zwölf Tage zuvor. Auch ihn hatte der lange Törn an seine körperlichen Grenzen gebracht.
„Macht das Beiboot klar. Nehmt alles was Wert hat mit. Wir versuchen an Land zu kommen."
Fast abwesend packte John Adams seinen Seesack. Das Weinen des Schiffsjungen James Davies nahm er schon nicht mehr wahr.
„Vlugger ! Und hört auf zu jammern." Trotz seiner schweren Wunden war es der Belgier Joseph Ver Brüggen, der die Seesäcke im Beiboot verstaute. Man sah diesem Mann, der viele Jahre auf Sklavenschiffen gefahren war, seine Brutalität und Wildheit an.
Außer dem Kapitän hatten alle Angst vor ihm ...

Dies könnte die Einleitung zu einem spannenden Roman sein.
Das ist sie aber nicht !

So etwa mag sich die letzte Stunde auf der amerikanischen Brigg ‚Braganza' abgespielt haben, bevor die fünf Männer in der Osterems auf Jan Klaasen Akkermann trafen.

Seit über zwei Jahren kreisen unsere Gedanken um diese Männer, echte Piraten, eine wahre Erzählung, und das ist es wohl, was uns so sehr an dieser Geschichte fasziniert.

In unserer Kindheit hat sich vieles um Piraten gedreht.
Geschichten von Schiffsstrandungen, Walfang und Piraterie sind bei uns auf Borkum allgegenwärtig.

Auf den alten Grabsteinen der reformierten Kirche sind Totenköpfe zu sehen, und für uns Kinder waren dort immer Piraten begraben.
Jedes Kind wird bei uns in den Dünen groß, jeder Junge ist irgendwann Pirat, und jeder Vater malt irgendwann eine Schatzkarte.
In der Nähe von Borkum haben sich nachweislich immer wieder Piraten umgetrieben.

Immer wieder haben wir uns als Jungs vorgestellt, wo sie wohl gelauert haben, welche Beute sie machten ...
und die alles entscheidende Frage : wo liegen die Schätze vergraben ?

Bild :

Der alte reformierte Friedhof
mit seinen Grabstelen.
Für uns Kinder lagen hier Piraten begraben.

-eigenes Foto-

Die Geschichte, die wir recherchiert haben, und die wir hier aufschreiben, dreht sich um das Zuckerschiff ‚Braganza'.
Es strandete am 23. August 1838 auf der Sandbank Memmert vor Borkum, wie so viele Schiffe davor.
Aber dieses Schiff hat eine ganz besondere Geschichte, die heute keiner mehr kennt.
Nichts möchten wir in dieser Geschichte dazudichten, Fakten und Recherchen sollen den Text bestimmen, wenn wir Dinge vermuten, wird das deutlich herauszulesen sein.

Es handelt von dem wahren, unglaublichen Leben des deutschen Piraten Cornelius Tunis Wilhelms.
Und wir können mit der Kenntnis seines Lebens den bisher ungeklärten Tod einer berühmten historischen amerikanischen Persönlichkeit aufklären.

Wenn die Personennamen und Ortsnamen in diesem Buch oftmals verschieden geschrieben werden, so haben wir alle Originaldokumente unverändert übernommen. Die Informations-Übermittlung beruhte damals oft auf Hörensagen, dabei wurden die Namen so geschrieben, wie sie verstanden wurden.

Auf Borkum ist vor einigen Jahren in einem Artikel die Schiffstragödie der Braganza in der Nordsee den Alten nacherzählt worden von Geert Bakker.

Uns liegt nur noch ein Ausschnitt vor, und wir konnten nicht mehr klären, wann und aus welcher Zeitung der Artikel stammt, den wir ungekürzt abdrucken um einen Einstieg in die Geschichte zu bekommen :

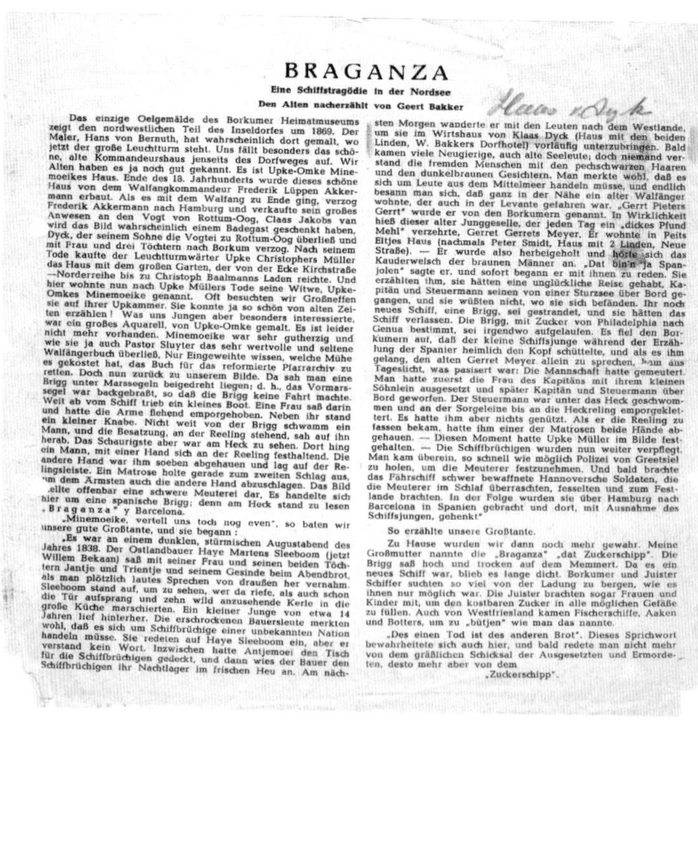

BRAGANZA

Eine Schiffstragödie in der Nordsee

Den Alten nacherzählt von Geert Bakker

Haus v Dyk

Das einzige Oelgemälde des Borkumer Heimatmuseums zeigt den nordwestlichen Teil des Inseldorfes um 1869. Der Maler, Hans von Bernuth, hat wahrscheinlich dort gemalt, wo jetzt der große Leuchtturm steht. Uns fällt besonders das schöne, alte Kommandeurshaus jenseits des Dorfweges auf. Wir Alten haben es ja noch gut gekannt. Es ist Upke-Omke Minemoeikes Haus. Ende des 18. Jahrhunderts wurde dieses schöne Haus von dem Walfangkommandeur Frederik Lüppen Akkermann erbaut. Als es mit dem Walfang zu Ende ging, verzog Frederik Akkermann nach Hamburg und verkaufte sein großes Anwesen an den Vogt von Rottum-Oog, Claas Jakobs van wird das Bild wahrscheinlich einem Badegast geschenkt haben, Dyck, der seinem Sohne die Vogtei zu Rottum-Oog überließ und mit Frau und drei Töchtern nach Borkum verzog. Nach seinem Tode kaufte der Leuchtturmwärter Upke Christophers Müller das Haus mit dem großen Garten, der von der Ecke Kirchstraße —Norderreihe bis zu Christoph Baalmanns Laden reichte. Und hier wohnte nun nach Upke Müllers Tode seine Witwe, Upke-Omkes Minemoeike genannt. Oft besuchten wir Großneffen sie auf ihrer Upkammer. Sie konnte ja so schön von alten Zeiten erzählen! Was uns Jungen aber besonders interessierte, war ein großes Aquarell, von Upke-Omke gemalt. Es ist leider nicht mehr vorhanden. Minemoeike war sehr gutherzig und wie sie ja auch Pastor Sluyter das sehr wertvolle und seltene Walfängerbuch überließ. Nur Eingeweihte wissen, welche Mühe es gekostet hat, das Buch für das reformierte Pfarrarchiv zu retten. Doch nun zurück zu unserem Bilde. Da sah man eine Brigg unter Marssegeln beigedreht liegen; d. h., das Vormarssegel war backgebraßt, so daß die Brigg keine Fahrt machte. Weit ab vom Schiff trieb ein kleines Boot. Eine Frau saß darin und hatte die Arme flehend emporgehoben. Neben ihr stand ein kleiner Knabe. Nicht weit von der Brigg schwamm ein Mann, und die Besatzung, an der Reeling stehend, sah auf ihn herab. Das Schaurigste aber war am Heck zu sehen. Dort hing ein Mann, mit einer Hand sich an der Reeling festhaltend. Die andere Hand war ihm soeben abgehauen und lag auf der Relingsleiste. Ein Matrose holte gerade zum zweiten Schlag aus, um dem Ärmsten auch die andere Hand abzuschlagen. Das Bild stellte offenbar eine schwere Meuterei dar. Es handelte sich hier um eine spanische Brigg: denn am Heck stand zu lesen „Braganza" y Barcelona.

„Minemoeike, vertell uns toch nog even", so baten wir unsere gute Großtante, und sie begann :

„Es war an einem dunklen, stürmischen Augustabend des Jahres 1838. Der Ostlandbauer Haye Martens Sleeboom (jetzt Willem Bekaan) saß mit seiner Frau und seinen beiden Töchtern Jantje und Trientje und seinem Gesinde beim Abendbrot, als man plötzlich lautes Sprechen von draußen her vernahm. Sleeboom stand auf, um zu sehen, wer da riefe, als auch schon die Tür aufsprang und zehn wild anzusehende Kerle in die große Küche marschierten. Ein kleiner Junge von etwa 14 Jahren lief hinterher. Die erschrockenen Bauersleute merkten wohl, daß es sich um Schiffbrüchige einer unbekannten Nation handeln müsse. Sie redeten auf Haye Sleeboom ein, aber er verstand kein Wort. Inzwischen hatte Antjemoei den Tisch für die Schiffbrüchigen gedeckt, und dann wies der Bauer den Schiffbrüchigen ihr Nachtlager im frischen Heu an. Am nächsten Morgen wanderte er mit den Leuten nach dem Westlande, um sie im Wirtshaus von Klaas Dyck (Haus mit den beiden Linden, W. Bakkers Dorfhotel) vorläufig unterzubringen. Bald kamen viele Neugierige, auch alte Seeleute; doch niemand verstand die fremden Menschen mit den pechschwarzen Haaren und den dunkelbraunen Gesichtern. Man merkte wohl, daß es sich um Leute aus dem Mittelmeer handeln müsse, und endlich besann man sich, daß ganz in der Nähe ein alter Walfänger wohnte, der auch in der Levante gefahren war. „Gerrt Pieters Gerrt" wurde er von den Borkumern genannt. In Wirklichkeit hieß dieser alter Junggeselle, der jeden Tag ein „dickes Pfund Mehl" verzehrte, Gerret Gerrets Meyer. Er wohnte in Peits Eltjes Haus (nachmals Peter Smidt, Haus mit 2 Linden, Neue Straße). — Er wurde also herbeigeholt und hörte sich das Kauderwelsch der braunen Männer an. „Dat bin'n ja Spanjolen" sagte er, und sofort begann er mit ihnen zu reden. Sie erzählten ihm, sie hätten eine unglückliche Reise gehabt, Kapitän und Steuermann seinen von einer Sturzsee über Bord gegangen, und sie wüßten nicht, wo sie sich befänden. Ihr noch neues Schiff, eine Brigg, sei gestrandet, und sie hätten das Schiff verlassen. Die Brigg, mit Zucker von Philadelphia nach Genua bestimmt, sei irgendwo aufgelaufen. Es fiel den Borkumern auf, daß der kleine Schiffsjunge während der Erzählung der Spanier heimlich den Kopf schüttelte, und als es ihm gelang, den alten Gerret Meyer allein zu sprechen, kam ans Tageslicht, was pasisert war: Die Mannschaft hatte gemeutert. Man hatte zuerst die Frau des Kapitäns mit ihrem kleinen Söhnlein ausgesetzt und später Kapitän und Steuermann über Bord geworfen. Der Steuermann war unter das Heck geschwommen und an der Sorgeleine bis an die Heckreling emporgeklettert. Es hatte ihm aber nichts genützt. Als er die Reeling zu fassen bekam, hatte ihm einer der Matrosen beide Hände abgehauen. — Diesen Moment hatte Upke Müller im Bilde festgehalten. — Die Schiffbrüchigen wurden nun weiter verpflegt. Man kam überein, so schnell wie möglich Polizei von Greetsiel zu holen, um die Meuterer festzunehmen. Und bald brachte das Fährschiff schwer bewaffnete Hannoversche Soldaten, die die Meuterer im Schlaf überraschten, fesselten und zum Festlande brachten. In der Folge wurden sie über Hamburg nach Barcelona in Spanien gebracht und dort, mit Ausnahme des Schiffsjungen, gehenkt"

So erzählte unsere Großtante.

Zu Hause wurden wir dann noch mehr gewahr. Meine Großmutter nannte die „Braganza" „dat Zuckerschipp". Die Brigg saß hoch und trocken auf dem Memmert. Da es ein neues Schiff war, blieb es lange dicht. Borkumer und Juister Schiffer suchten so viel von der Ladung zu bergen, wie es ihnen nur möglich war. Die Juister brachten sogar Frauen und Kinder mit, um den kostbaren Zucker in alle möglichen Gefäße zu füllen. Auch von Westfriesland kamen Fischerschiffe, Aaken und Botters, um zu „bütjen" wie man das nannte.

„Des einen Tod ist des anderen Brot". Dieses Sprichwort bewahrheitete sich auch hier, und bald redete man nicht mehr von dem gräßlichen Schicksal der Ausgesetzten und Ermordeten, desto mehr aber von dem

„Zuckerschipp".

Artikel Geert Bakker, Quelle nicht bekannt, vermutlich um 1960. Vielleicht aus Band 1 "Dahin wie ein Schatten", von Derk Teerling-Dykmann, uns zur Verfügung gestellt von Hans-Peter Wegmann, verstorben 2013.

Abschrift des obigen Zeitungsartikels folgt :

Braganza

Eine Schiffstragödie in der Nordsee
Den Alten nacherzählt von Geert Bakker

Das einzige Ölgemälde des Borkumer Heimatmuseums zeigt den nordwestlichen Teil des Inseldorfes um 1869. Der Maler, Hans von Bernuth, hat wahrscheinlich dort gemalt, wo jetzt der große Leuchtturm steht.

Uns fällt besonders das schöne, alte Kommandeurshaus jenseits des Dorfweges auf. Wir Alten haben es ja noch gut gekannt. Es ist Upke-Omke Minemoeikes Haus. Ende des 18. Jahrhunderts wurde dieses schöne Haus von unserem Walfangkommandeur Frederik Lüppen Akkermann erbaut. Als es mit dem Walfang zu Ende ging, verzog Frederik Akkermann nach Hamburg und verkaufte sein großes Anwesen an den Vogt von Rottum-Oog, Claas Jakobs van Dyck, der seinem Sohne die Vogtei zu Rottum-Oog überließ und mit Frau und drei Töchtern nach Borkum verzog.

Nach seinem Tode kaufte der Leuchtturmwärter Upke Christophers Müller das Haus mit dem großen Garten, der von der Ecke Kirchstraße – Norderreihe bis zu Christoph Baalmanns Laden reichte. Und hier wohnte nun auch nach Upke Müllers Tode seine Witwe, Upke-Omkes Minemoeike genannt.

Oft besuchten wir Großneffen sie auf ihrer Upkammer. Sie konnte ja so schön von alten Zeiten erzählen ! Was uns Jungen aber besonders interessierte, war ein großes Aquarell, von Upke-Omke gemalt. Es ist leider nicht mehr vorhanden. Minemoeimke war sehr gutherzig und wird das Bild wahrscheinlich einem Badegast geschenkt haben, wie sie ja auch Pastor Sluyter das sehr wertvolle und seltene Walfängerbuch überließ. Nur Eingeweihte wissen, welche Mühe es gekostet hat, das Buch für das reformierte Pfarrarchiv zu retten. Doch nun zurück zu unserem Bilde. Da sah man eine Brigg unter Marssegeln beigedreht liegen ; d.h., das Vormarssegel war backgebrasst, so daß die Brigg keine Fahrt machte. Weit ab vom Schiff trieb ein kleines Boot. Eine Frau saß darin und hatte die Arme flehend emporgehoben. Neben ihr stand ein kleiner Knabe. Nicht weit von der Brigg schwamm ein Mann, und die Besatzung an der Reling stehend, sah auf ihn herab. Das Schaurigste aber war am Heck zu sehen. Dort hing ein Mann, mit einer Hand sich an der Reling festhaltend. Die andere Hand war ihm soeben abgehauen und lag auf der Relingsleiste. Ein Matrose holte gerade zum zweiten Schlag aus, um dem Ärmsten auch die andere Hand abzuschlagen.
Das Bild stellte offenbar eine schwere Meuterei dar. Es handelte sich hier um eine spanische Brigg, denn am Heck stand zu lesen „Braganza“ y Barcelona. „Minemoeike, vertell uns toch nog even“, so baten wir unsere gute Großtante, und sie begann:

„Es war an einem dunklen, stürmischen Augustabend des Jahres 1838. Der Ostlandbauer Haye Martens Sleeboom (jetzt Willem Bekaan) saß mit seiner Frau und seinen beiden Töchtern Jantje und Trientje und seinem Gesinde beim Abendbrot, als man plötzlich lautes Sprechen von draußen her vernahm. Sleeboom stand auf, um zu sehen, wer da riefe, als auch schon die Tür aufsprang und zehn wild anzusehende Kerle in die große Küche marschierten. Ein kleiner Junge von etwa 14 Jahren lief hinterher. Die erschrockenen Bauersleute merkten wohl, daß es sich um Schiffbrüchige einer unbekannten Nation handeln müsse. Sie redeten auf Haye Sleeboom ein, aber er verstand kein Wort. Inzwischen hatte Antjemoei den Tisch für die Schiffbrüchigen gedeckt, und dann wies der Bauer den Schiffbrüchigen ihr Nachtlager im frischen Heu an.
Am nächsten Morgen wanderte er mit den Leuten nach dem Westlande, um sie im Wirtshaus von Klaas Dyck (Haus mit den beiden Linden, W. Bakkers Dorfhotel) vorläufig unterzubringen.

Bald kamen viele Neugierige, auch alte Seeleute ; doch niemand verstand die fremden Menschen mit den pechschwarzen Haaren und dunkelbraunen Gesichtern.
Man merkte wohl, daß es sich um Leute aus dem Mittelmeer handeln müsse, und endlich besann man sich, daß ganz in der Nähe ein alter Walfänger wohnte, der auch in der Levante gefahren war. „Gerrt Pieters Gerrt" wurde er von den Borkumern genannt.
In Wirklichkeit hieß dieser alter Junggeselle, der jeden Tag ein „dickes Pfund Mehl" verzehrte, Gerret Gerrets Meyer. Er wohnte in Peits Eltjes Haus (nachmals Peter Smidt, Haus mit 2 Linden, Neue Straße). – Er wurde also herbeigeholt und hörte sich das Kauderwelsch der braunen Männer an. „Dat bin`n ja Spanjolen" sagte er, und sofort begann er mit ihnen zu reden. Sie erzählten ihm, sie hätten eine unglückliche Reise gehabt, Kapitän und Steuermann seien von einer Sturzsee über Bord gegangen, und sie wüßten nicht, wo sie sich befänden. Ihr noch neues Schiff, eine Brigg, sei gestrandet, und sie hätten das Schiff verlassen. Die Brigg, mit Zucker von Philadelphia nach Genua bestimmt, sei irgendwo aufgelaufen. Es fiel den Borkumern auf, daß der kleine Schiffsjunge während der Erzählung der Spanier heimlich den Kopf schüttelte, und als es ihm gelang, den alten Gerret Meyer allein zu sprechen, kam ans Tageslicht, was passiert war: Die Mannschaft hatte gemeutert. Man hatte zuerst die Frau des Kapitäns mit ihrem kleinen Söhnlein ausgesetzt und später Kapitän und Steuermann über Bord geworfen. Der Steuermann war unter das Heck geschwommen und an der Sorgeleine bis an die Heckreling emporgeklettert.

Es hatte ihm aber nichts genützt. Als er die Reling zu fassen bekam, hatte ihm einer der Matrosen beide Hände abgehauen. – Diesen Moment hatte Upke Müller im Bilde festgehalten. Die Schiffbrüchigen wurden nun weiter verpflegt.
Man kam überein, so schnell wie möglich Polizei von Greetsiel zu holen, um die Meuterer festzunehmen. Und bald brachte das Fährschiff schwer bewaffnete Hannoversche Soldaten, die die Meuterer im Schlaf überraschten, fesselten und zum Festlande brachten. In der Folge wurden sie über Hamburg nach Barcelona in Spanien gebracht und dort, mit Ausnahme des Schiffsjungen, gehenkt.“

So erzählte unsere Großtante.

Zu Hause wurden wir dann noch mehr gewahr. Meine Großmutter nannte die „Braganza“ „dat Zuckerschipp“. Die Brigg saß hoch und trocken auf dem Memmert. Da es ein neues Schiff war, blieb es lange dicht. Borkumer und Juister Schiffer suchten so viel von der Ladung zu bergen, wie es ihnen nur möglich war. Die Juister brachten sogar Frauen und Kinder mit, um den kostbaren Zucker in alle möglichen Gefäße zu füllen. Auch von Westfriesland kamen Fischerschiffe, Aaken und Botters, um zu „bütjen“ wie man das nannte. „Des einen Tod ist des anderen Brot“. Dieses Sprichwort bewahrheitete sich auch hier, und bald redete man nicht mehr von dem gräßlichen Schicksal der Ausgesetzten und Ermordeten, desto mehr aber von dem „Zuckerschipp“

- Abschrift Ende -

Ich habe diesen Artikel im Frühling 2012 wiedergefunden und bin daraufhin durch Zufall auf eine sehr interessante Geschichte gestoßen.
Die ersten Fragen bezüglich der Braganza beantwortete mir das Stadtmuseum Emden stets freundlich.

Aiko Schmidt, wissenschaftlicher Mitarbeiter des Landesmuseums Emden, schrieb 2008 einen anschaulichen Bericht über die Strandung von 1838 mit dem Titel „Kunstwerk des Monats", und eigentlich sank meine Hoffnung, noch wesentliches Neues über das Zuckerschiff herauszufinden. Und trotzdem machte ich mich auf in das Staatsarchiv Aurich, um dort Akteneinsicht über die Vorfälle zu erlangen.

In dem Glauben, dort lediglich eine oder zwei Seiten mit Vermerken zu bekommen, plante ich meinen Tag.
Frau Hennings vom Staatsarchiv wies mich ein und erklärte mir, wie so eine Akteneinsicht abzulaufen habe.

Nach etwa fünf Minuten legte man mir zwei gewaltige Ordner vor, und ließ mich mit diesen alleine. Ich fühlte mich leicht überfordert, wie sollte ich hier einen Hinweis auf die Braganza finden ?

Die Dame fragend anschauend, wie und was ich wo suchen sollte, kehrte diese mit den Worten zurück : „Herr de Buhr, Sie brauchen in diesen Ordnern nicht nach der Braganza zu suchen, es geht in diesen beiden Ordnern ausschließlich um diese Schiffsstrandung.“
Nun wurde mir klar, daß hier wahrscheinlich doch noch viel mehr zu holen sei.

Zurück auf Borkum erkannte ich, daß bei all den Dokumenten in Sütterlin und Englisch, die vor mir lagen, alleine kein Durchkommen war.
Ich weihte meinen Schulfreund Frieder Grävemeyer ein, der die Spannung der Geschichte sofort erkannte. Fortan forschten wir gemeinsam und haben zuletzt auch das Buch zusammen geschrieben.

Keiner von uns ist Schriftsteller oder Literat, auch einen Lektor mußten wir aus Kostengründen einsparen. Möge das der Leser bei der Lektüre berücksichtigen und Nachsicht walten lassen.

Herausgekommen ist die unglaubliche und bislang unbekannte Geschichte eines deutschen Piraten.

2 Die Strandung

Was entspricht in dieser mündlichen Überlieferung noch der Wahrheit ? Was läßt sich heute, 175 Jahre später, Genaueres erfahren ?

Unsere Geschichte beginnt im Watt vor der Sandbank Memmert, in der sogenannten Osterems.
Hierüber haben wir im Staatsarchiv Aurich ein Protokoll gefunden, das den ersten Kontakt eines Borkumer Schiffers mit den Schiffbrüchigen wiedergibt, dieses drucken wir hier im Originalwortlaut, soweit es zu entziffern war, ab.

Anmerkung : das Wort „ Comparent “ bedeutet etwa soviel wie „ der vor uns Erschienene “.

Abschrift Staatsarchiv Aurich:

(**Anmerkung** : die für den weiteren Hergang wichtigen Abschnitte haben wir hervorgehoben)

Im Jahre eintausend achthundert acht und dreizig den dritten September, des Vormittags um elf Uhr comparent vor uns AG Derks Bonthuis, Bürgermeister der Gemeinde Delfzyl, auf dem Gemeindehaus, die Person von Bard Peter Ohlsen alt acht und dreizig Jahr, seines Berufs Fischermann und Lootse wohnhaft zu Fermsum, führend die Fischerschut Maria Elisabeth, und erklärte, daß sein Schwiegervater sich an Bord begeben hätte bei dem Schiffscapitain Ehm Ulffers von Emden um denselben in See zu lootsen; welcher Schiffscapitain Ehm Ulffers gelegen habe in der Westerbalje; daß Comparent sich darauf mit seinem Schiffchen begeben habe nach dem sog. Evermannsgat zwischen Borkum und dem … , um seinen Schwiegervater, wenn dieser bei günstiger Gelegenheit den genannten Schiffscapitain in See gebracht haben würde, wieder aufzunehmen, daß er, Comparent, als Portsmann oder Theilhaber im Verdacht an Bord gewesen sey bei Jan Klaassens Akkermann, daß er am Abend des 23. v. M. ungefähr um 10 Uhr im sog. Frermannsgat gelegen habe, und daß er mit Jan Akkermann schon im Kooi gelegen hätte, als ein Boot an die Seite seines Fischerfahrzeugs gekommen sey, daß man aus diesem Boote gerufen habe: “Tjalk ho!“, daß Comparent aus dem Kooi aufs Vordeck kommend, ein Boot oder eine Schaluppe , in welcher sich **fünf Mann befunden,** erblickt habe; daß er darauf diesen Personen zugerufen habe: „Wer ist der Freund? Woher kommt Ihr?“ daß hierauf in deutscher Sprache geantwortet worden sey: „Wir haben das Schiff verloren; das Schiff sitzt dort draußen auf dem Grund“, daß Comparent ihm hierauf zugerufen habe:

„Kommt uns an die Seite, kommt über!“ Daß die im Boote befindlichen Personen ihm hierauf zugerufen hätten: “**Wohin müssen wir nach dem Festlande? Was für ein Feuer ist das?**“ welches durch Comparent beantwortet worden sey mit den Worten:
„**Es ist das Feuer von Borkum**, doch, da es gefährlich ist, sich im Dunkeln dahin zu begeben, indem es selbst nicht ohne Gefahr ist für diejenigen, die hier kundig sind, so möchte ich Euch rathen überzukommen und das Boot hinten an unser Fahrzeug zu befestigen“; daß diese Personen hierauf einige Säcke mit Gütern aus ihrem Boot in den Schiffsraum des Comparenten übergeladen hätten, an Bord gekommen wären und ihr Boot hinten angesteckt hätten; daß Comparent diese Personen hierauf mit herunter genöthigt, Feuer angemacht und ihnen eine Tasse Kaffee vorgesetzt habe, wobey er sie zugleich gefragt: “Woher kommt Ihr“ worauf er zur Antwort erhalten: „**Wir kommen von New- Orleans und waren nach Hamburg bestimmt**.“
Weiter fragend nach dem Kapitain und dem Namen des Schiffes, sey ihm darauf Etwas geantwortet , woraus er aber nicht hätte klug werden können, - daß Comparent ferner gefragt habe: “Wo ist Euer Kapitän?“ , worauf ihm einer der genannten Personen , welche vorgegeben, Steuermann auf dem verunglückten Schiff gewesen zu seyn, und welcher deutsch gesprochen habe, zur Antwort gegeben sey: **„der Kapitän ist mit dem Obersteuermann, einem Neger und einem Jungen mit dem großen Boote weggegangen, ohne uns fünf darin aufnehmen zu wollen, so daß wir in das kleine Boot gesprungen sind, um auf Land zu suchen;“ daß hierauf die erwähnten Personen sich am Schiffboot der Comparenten schlafen gelegt hätten, zwey derselben im Kooi des Comparenten, der ihnen denselben überlassen hätte;** daß Comparent darauf mit den fünf Mannschaften an Bord, bey Anbruch des Tages den Anker gelichtet hätte, um Untersuchung wegen des Schiffes anzustellen, und auch sehr bald das Schiff festsitzen sah auf der Sandbank „de Memmert“, und zwar mit Stehenden Segeln; daß der Windstille wegen, nach gegenseitiger Überlegung beschlossen worden, daß Jan Akkermann, zwei der bei ihm an Bord übergenommenen Matrosen und der Steuermann, mit der Schaluppe zum Schiff hinrudern sollten, während zwei Mann bei dem Comparenten an Bord geblieben waren, daß die Schaluppe nach Verlauf von plus minus zwei Stunden von dem Schiff zurückgekommen sey, mitbringend folgende Güter, nämlich: einen zerbrochenen Spiegel mit vergoldetem Rahmen, zwei Seekarten mit zwei Plein-Sealas, ein Kistchen mit Cigarren, gemarkt „Yellow“/: gelb:/, ein Senkbley, zwei Kompass, ein Fernrohr, gemarkt Geor L Row, May 20th 1830, ein Säckchen mit Kaffeebohnen, ein hölzernes Kistchen mit etwas Thee, ein blechernes Sprechrohr, ein Manns- Wachhuth, ein dito von Samt auf Filz, zwei Lappen Segeltuch, ein Lappen ungebleicht Cattun; zwei Tischtücher, ein Öl- u. Essigsatz mit zwei kleinen Senfflaschen; ein blecherner Kaffeekessel; ein blecherner Durchschlag mit Deckel; ein hölzernes Kästchen mit vier Stücken Tabak und etwas losem dito; ein End Lothleim,

eine geölte Leinen Hose und einen Südwester/ getheerter Hut/, zwei Paar alte wollene Strümpfe und ein Paar Socken, ein kleiner Lappen Kattun, ein Hammer, ein Kneul Hus…, ein lederner Koffer dessen Boden eingebrochen und wovon das Schloß offen war,
elf …- und vierzehn Talglichte; ein schwarzer getheerter Bordsack; vier gedruckte Bücher und ein Buch in welchem weißes Papier; ein Röllchen Schreib- und Postpapier, zwei Rechentafeln, zwei Damen Sonnenschirme, eine kleine hölzerne Schachtel mit etwas Gewürznelken, drei kleine Flaschen mit englischem … …, ein Päckchen (…folgen noch einige weitere Aufzählungen)
Während alles Andere sich an Bord seines Schiffes jetzt hier im Hafen befindet, und uns heute vorgezeigt ist, welche sämmtliche Güter in des Comparenten Fahrzeug auf der Unter Ems übergenommen sind, unter Beifügung folgender Worte durch die fünf Personen von dem gestrandeten Schiffe an ihn, Comparenten, gerichtet: „Lootse, dies Alles ist für Euch , weil Ihr uns so und so aufgenommen und behandelt habt;“ – daß Comparent hierauf seinen Schwiegervater von dem durch diesen nach See gebrachten Schiff des J Ulffers geholt habe; **daß Comparent dann die bemeldeten fünf Personen mit denjenigen Gütern, welche dieselben am Abend des jüngst verflossenen 23. August, bei ihrer Ankunft mit an Bord gebracht hätten mit ihrem Boot wieder zu seinem Schiff zurückgekehrt sey, und erklärte noch, daß während er die fünf Mann in ihrem Boot nach Land übergebracht, sey von einem derselben deutsch gesprochen,** der ihm dem Comparenten außerdem noch ein Taschenpistol zum Geschenk gegeben, und von welchem er vernommen habe, daß derselbe **auf Jüttland bei der Insel Föhr** zu Hause gehöre, während der Steuermann erklärt habe, von **Tönningen** zu seyn, - **daß Comparent, wieder an Bord kommend, sogleich sein Anker hab lichten und sein Schiff bugsieren lassen bis unter „de Memmert“; wo er, wegen Stille und eingetretener Fluth nicht weiter fortkömmend, wieder vor Anker gegangen sey bis gegen Abend;** da er inzwischen gesehen habe, daß eine Menge Schiffe von den Inseln Juist und Borkum, so wie auch große Böte, sich durch die Brandung hin zum gestrandeten Schiffe begeben hätten, so hab darauf Comparent mit Jan Akkermann und zwei Personen von einer Borkumer Botaak/ Schiff zum Buttfangen/ sich auch in ein Boot und nach dem Schiff begeben; daß er, bei diesem Schiffe angekommen, gesehen habe, daß es eine mit Kupfer beschlagene Brigg sey, und wie es ihm geschienen, von Amerikanischer Bauart; an deren Bord schon eine große Anzahl verschiedener Fahrzeuge und Personen beschäftigt gewesen wären, von der Ladung zu bergen; daß Comparent im Boot geblieben sey, um dasselbe klar/in Ordnung/ zu halten, daß seine Mannschaft jedoch auf das Schiff übergegangen sey und ihn, Comparenten, während mehrerer Tage, jedes Mal mit der Fluth, in das Boot übergebracht habe; einen Kajütstisch, 40- 50 Stück rotes Farbholz;

ein Faß mit einer Quantität nassen Zuckers; fünf Stück trockenen Zucker; etwas Werkholz und eine Parthie Stäbe von Zuckerfässern,
von welchen Gütern Comparent erklärte, hiermit Angabe zu machen und die selben stellen zu wollen unter die Aufsicht und Direction des hiesigen Strandgerichts.

- Abschrift Ende -

Bild : Die Inselketten der Ost - und Nordfriesischen Inseln mit Borkum
und Föhr. Die Braganza strandete zwischen Borkum und Juist.
Quelle : Postkartensammlung Gerd Gitzen

Anmerkung : **Jan Klaasen Akkermann** wurde geboren 1814 auf Borkum und starb dort 1885. Seine Frau war Ida Dirks Juist, 1823 auf Borkum geboren und 1917 dort gestorben.

Bard Peter Ohlsen * 22.04.1822 Helgoland, + Delzijl, Fischer, Schiffer, Lotse. Er war verheiratet mit Maria Elisabeth Erichs, * 28.05.1820 Helgoland. Bard Peter hat eine zeitlang auf Borkum gewohnt, denn 4 seiner Kinder sind hier geboren. Er ist später nach Delfzijl (Farmsum) verzogen.

Tatsache ist also, daß von Anfang an Deutsch gesprochen wurde. Es war und ist am 23. August um 22:00 Uhr auf Borkum stockfinster. Deutlich zu ersehen ist, daß die Schiffbrüchigen keinerlei Orientierung hatten, und weiterhin ist ersichtlich, daß die Mannschaft versuchte, sich auf das Festland abzusetzen. Die Schiffbrüchigen waren so übermüdet, daß sie die angebotenen Kojen sofort annahmen.

Am frühen Nachmittag des 24. August bringt Bard Peter Ohlsen die Schiffbrüchigen in deren eigenen Boot an Land. Sie fahren im damaligen sogenannten Großen Schloot auf das Borkumer Ostland.
Er selber begibt sich sofort zur weiteren Bergung zurück zum Wrack des Schiffes.
Die fünf Seeleute sind dann zu Fuß zum Ostlandbauern Sleeboom gelaufen und haben dort die erste Nacht verbracht.

Bild : Fährmanns Spohr, der Weg der Schiffbrüchigen.
Bild im Besitz Christoph Michaelsen.

Heute ist das die Scheune von Christoph Michaelsen, Cafe Ostland. Das Dach dieses Scheunenrestaurants wird noch heute von einem riesigen Schiffsmast getragen.

Bild : In der mittleren Scheune verbrachten die Seeleute die erste Nacht.
Bild im Besitz Christoph Michaelsen.

Die fünf Männer, die damals im Sommer 1838 im Ostlande auftauchten, waren als Schiffbrüchige auf den ersten Blick zu erkennen, und werden die Ostländer, die bestimmt einiges gewohnt waren, erschreckt haben. Es waren drei gestandene Männer, ein junger Mann und ein Jüngling, alle in erbärmlichem Zustand.

Wir können diese Männer genauer beschreiben, weil wir ihr Schicksal kennen, welches dem Leser erst im Verlaufe des Buches bekannt wird : Die Männer waren sehr ungepflegt, sie waren stark übermüdet, und von der Sonne dunkelbraun gebrannt. Mindestens zwei der Männer waren stark verletzt und trugen ältere Wunden.

Der Schiffsjunge zeigte ein auffälliges Verhalten und schien sich vor seinen Kameraden zu fürchten. Das Gesamterscheinungsbild der Seeleute passte nicht zu einer „ einfachen “ Schiffsstrandung.

Bild : **Schiffsmast der Braganza ?**
Foto aus dem Cafe Ostland

Die Daten der Schiffsstrandung und der Errichtung der Scheune passen zusammen.

- eigenes Foto -

Wir brauchen keinem Borkumer zu erzählen, was in den nächsten Tagen sich an dem verlassenen Schiff hoch auf einer Sandbank vor Borkum abspielte. Sie haben es genau jetzt vor ihrem geistigen Auge : es wurde geborgen, was zu bergen war.

Aber schon zum jetzigen Zeitpunkt regt sich Mißtrauen den Schiffbrüchigen und deren Berichten gegenüber.
Im Staatsarchiv in Aurich finden wir weitere Details der näheren Umstände vor Ort.

Dort ist zu lesen :

Abschrift Staatsarchiv Aurich :

Alle Personen die dahin gewesen, sagen aus, daß gar kein Namensbrett an dem Schiffe sich befunden, und es gehen verschiedene dunkle Gerüchte über dieses Schiff in Umlauf, so unter anderm, daß eine Meuterey darauf ausgebrochen, die Mannschaft den Capitain und mehrere Personen soll ermordet haben, das Schiff an mehreren Stellen gebohret gewesen seyn soll und daß die Mannschaft das Schiff solle vorsätzlicher Weise auf den Strand gesetzt haben; Die Ladung geht in alle Welt, dieweil jetzt sogar Schiffer in der Gegend von Amsterdam her, sich dabey befinden sollen.

- Abschrift Ende -

Um sich Borkum um 1838 besser vorstellen zu können, geben wir hier einige Daten :

Aus einer Zählung von 1823 werden auf dem Westland von Borkum 96 Haushaltungen mit 462 Bewohnern, und auf dem Ostland sechs Haushaltungen mit 23 Bewohnern angegeben.

Diese Angaben haben sich bis 1838 im Wesentlichen nicht verändert. Die Insel war damals noch am heutigen Flugplatz, dem Tüskendör, geteilt. Auf dem Ostlande siedelten ab 1750 fünf Bauern.

Der Alte Leuchtturm wurde bereits ab 1576 errichtet.

Borkum gehörte zu Emden, und damit auch zum Königreiche Hannover. Die reiche Walfängerzeit, aus der sich noch heute Zeugnisse überall auf der Insel finden lassen, war lange vorbei.

Die Borkumer lebten von der Seefahrt, und hier insbesondere vom Fischfang.

Die Beherbergung von Gästen baute sich erst zaghaft auf, aber eine erste Gästeliste ist schon aus dem Jahre 1830 bekannt.

Bild : Der Alte Leuchtturm im 19. Jahrhundert
mit einem Zaun aus Walkinnladen.
- Aus unserer eigenen Postkartensammlung -

Wir vermuten, daß der damalige Strandvogt Simeon Hinrichs Uhlenkamp noch am selbigen Tage, dem 24. August 1838, im Ostland eintraf, um seine Untersuchungen aufzunehmen.
Der Strandvogt war der verlängerte Arm von Recht und Gesetz bezüglich der Strandrechte und war in der Regel bei der Inselbevölkerung verhasst.

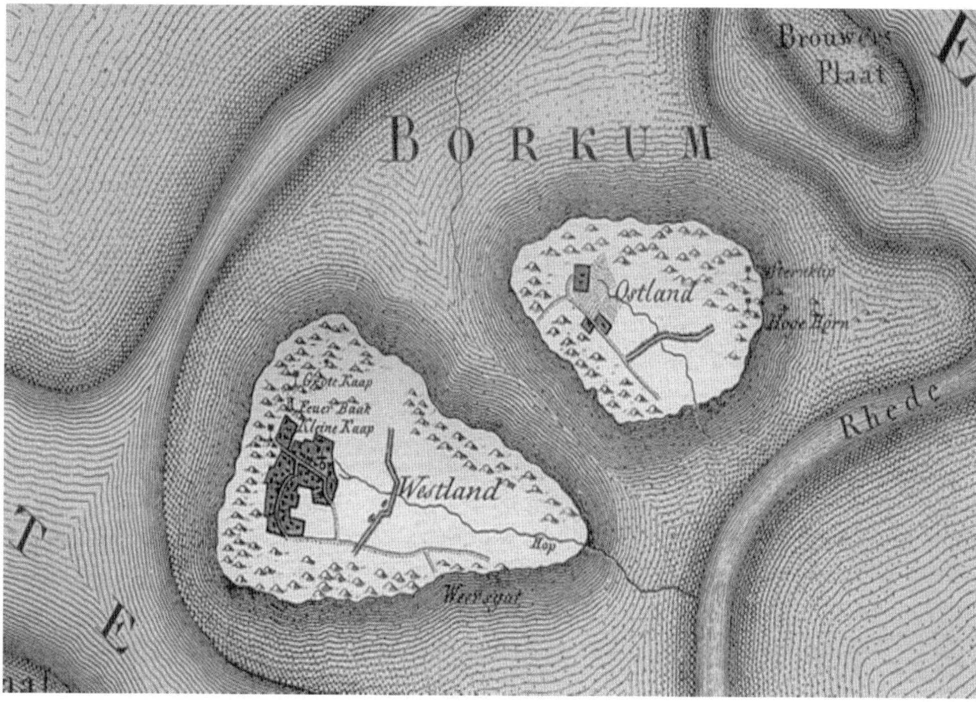

Bild : Karte von Borkum
Quelle : **Karl Ludwig von Le Coq** , um 1805

Die Schiffbrüchigen haben die erste Nacht auf Borkum in der Scheune auf dem Ostland verbracht. Von dort aus sind sie am nächsten Tag zum Haus von Klaas van Dyk, heutiges Haus Wobke in der Neuen Straße, gebracht worden.

Klaas Klaasen van Dyk wurde 1792 auf Rottum geboren und starb 1884 auf Borkum. Er war verheiratet mit Geeske Jakobs Wybrands.
Klaas van Dyk war ein wohlhabender Mann, in seinem Haus befand sich eine kleine Gaststube und auch einige Fremdenzimmer.

Die van Dyks waren dem Strandvogt keine Unbekannten.
In Aurich liegt eine Akte von 1832, in der ein van Dyk des Strandraubes an dem Schiff „Mary und Richard“ aus Welles beschuldigt wird.

Bild : Das Haus Wobke liegt rechts.
Mit freundlicher Genehmigung aus dem Familienbesitz EltjeAkkermann.

Das Auftauchen der fünf Männer, sowie die Tatsache, daß ein großes schwerbeladenes Schiff in unmittelbarer Nähe festsaß, war sicherlich eine Sensation und tagelanges Dorfgespräch.
Die Borkumer waren erfahrene Seeleute. Wie oben bereits angedeutet, waren die Ungereimtheiten in den Aussagen der Männer, insbesondere über den Verbleib des Kapitäns und den Rest der Besatzung, so groß, daß schon am zweiten Tag ein Bote nach Greetsiel gesandt wurde, um die dortigen Behörden zu informieren.

Es gab noch keine Telegrafen, die erste Marconi-Station, das sind die frühen Funkstationen, wurde um die Jahrhundertwende am Borkumer Südstrand errichtet.

Wir fanden einen Hinweis auf einen Fluchtversuch von einem der fünf Männer, der glaubhaft erscheint, weil dieser auch erst einen Tag später in der Verpflegungsliste des Emder Stadtgefängnisses auftaucht.
Dieser Artikel erschien in der Bremer Zeitung im September 1838.

Dort ist zu lesen :

Auszug aus der Bremer Zeitung vom 5. Sept. 1838

-Zitat-

Emden, den 30. Aug - (Hann. Ztg.)

Eine wichtige Untersuchung beschäftigt in diesem Augenblicke unsere Criminalbehörde. Am 26. d. M. strandete auf dem Memmert bei Borkum eine americanische Brigg, und es haben sich von der Schiffsmannschaft 5 Matrosen, theils Engländer, theils Holländer von Geburt, aufs feste Land gerettet.

Schon die Eile, mit welcher vier derselben ihre Entfernung betrieben und Fuhrgelegenheit nach Brake suchten, erregte Verdacht, als noch mehrere Umstände hinzutraten, welche vermuthen ließen, daß nicht Sturm oder sonst ein Mißgeschick, sondern vielmehr ein schweres Verbrechen den Untergang des Schiffes veranlaßt haben möchte. Die Geretteten befinden sich nämlich nicht nur im Besitze einer Menge Kleidungs- und Schiffsinventorienstücke, sondern es fehlen auch von der Besatzung der Capitain, der Steuermann, der Bootsmann und der Koch, welche das Opfer einer Meuterei geworden zu sein scheinen. Die Criminalbehörde hat daher gestern Abend die Arretierung eines dieser Matrosen verfügt. Dem fünften der Geretteten, der bereits mit einem Schiffe von hier nach Hamburg unter Segel gegangen war, wurde ebenfalls nachgesetzt, und auch er wird soeben gefangen eingebracht, indem der widrige Wind das von ihm bestiegene Schiff an der Mündung der Ems zurückhielt. Man ist sehr gespannt auf den Ausgang der Untersuchung eines schaudererregenden Verbrechens, welches sich, zur Schande der Menschheit, in neuerer Zeit nicht selten wiederholt hat.

Unter Bezugnahme auf das, was wir über den Zusammenhang des Obigen mit den Nachrichten aus Greenock in Nr. 246 d. Bl. bemerkt haben, fügen wir hier aus der Londoner „ Shipping Gazette " vom 28. August noch folgendes Nähere über die Meuterei am Bord der americanischen Brigg Braganza auf deren Fahrt von Philadelphia nach Genua hinzu. Es ist dies ein Bericht eines der Passagiere dieser Brigg, die mit der englischen Brigg Hebden, Capt. Fowler in Greenock angekommen sind : „ am 5. Aug. d. J. Um zwei Uhr Nachmittags auf 37 ° Br. und 13 ° L. empörte sich das Schiffsvolk der americanischen Brigg Braganza, Captain Arnel F. Torley, von Philadelphia, warf den Captain über Bord und nahm von der Brigg Besitz. Als die unten benannten Passagiere das Schiff verließen, was am 11. Aug. geschah, befand es sich auf 41 ° Br. und 15 ° L., nordöstlich steuernd in der gelegentlich geäußerten Absicht, den britischen Canal zu gewinnen und da herum eine Landung zu versuchen. Die Passagiere, bestehend aus dem (Unterzeichner) George N. Diehl und Frau und der Gattin des ermordeten Captains, samt dem zweiten Steuermann Moir und dem Koch der Brigg, wurden am Sonntag den 12. Aug. von der Brigg Hebden, Capt. Fowler von Scarbro aufgenommen, nachdem sie in offenem Boot, 350 Meilen vom Festlande fünf und zwanzig Stunden lang auf hoher See umhergetrieben waren. "

(Ob dies auf eigenes Verlangen oder gezwungen geschehen, wird nicht gesagt ; ohne Zweifel das letztere, weil die Meuterer nur hierdurch oder durch Mord die Zeugen der That sich vom Halse schaffen konnten).
Der Bericht enthält dann ferner ein Signalement der Meuterer, fünf an der Zahl, darunter drei Deutsche, mit Vornamen Wilhelm, Heinrich und Hans, ein Holländer und ein Engländer. (Das Signalement, welches unsere Leser nicht weiter interessiren wird, ist gleich nach der Ankunft der „ Shipping Gazette " von der hiesigen Polizei an die Behörden in Emden befördert.) Auch die Brigg wird genau beschrieben, sie hatte eine Ladung Zucker zu St. Johns auf Portorico eingenommen und war in Philadelphia nur aus Noth eingelaufen gewesen. Von Herrn Sidney Mason in Portorico verschifft, war die Ladung an die Herren Grant, Balfour & Comp. in Genua adressirt. Der erste Steuermann lag, als die Passagiere das Schiff verließen, mit geschmettertem Hirnschädel und mit Stichen in der Seite sterbend in der Cajüte.)

Redakteur : Dr. Donandt
- Zitat Ende -

Es war diesen Männern bewußt, daß die Borkumer ihre Berichte nicht glaubten.
Außerdem war der Borkumer Schiffer Jacob Lübben gebürtig aus Tönning, dem Ort, den einer der Gestrandeten in der Osterems als Geburtsort nennt. Mit Sicherheit hat er seinen Landsmann aufgesucht, sicherlich kannte er dessen Familie. Es ist anzunehmen, daß J. Lübben bereits jetzt vertrauliche Informationen über den wahren Verlauf der Strandung bekam.
Ermittlungen waren von Seiten der Behörden eingeleitet. Mögliche Straftaten würden damit aufgedeckt werden. Damit saßen die Seeleute auf Borkum in der Falle.

Hannoversche Soldaten überführen die fünf Gestrandeten über Greetsiel nach Emden zur weiteren Befragung.
Im Zuge der Untersuchung erhellen sich schrittweise die Unklarheiten der Vorgänge um die Strandung.

Darüber werden wir im nächsten Kapitel berichten.

Bild : Ansicht des alten Ortskernes von Borkum im 19. Jahrhundert.
- Aus unserer eigenen Postkartensammlung -

Unterdessen ging vor Borkum die Plünderung des Schiffswrackes munter weiter.
Um sich davon ein Bild zu machen geben wir einigen Schriftverkehr und Protokolle jener Tage aus dem Staatsarchiv Aurich kommentarlos zum Besten :

Abschriften aus dem Staatsarchiv Aurich :
An : Königl. Wohllöbl. Amt Greetsyhl !

Ich zeige hiermit gehorsamst an, daß nachfolgende, vorgeblich aus der auf dem Memmert gestrandeten Brigg geborgenen Quantitäten Streuzucker hier abgeliefert worden sind:
Am 29. August durch **Schiffer Willem C. Staghauer** von hier zwey große Fässer mit Streuzucker, der Angabe zufolge gemeinschaftlich mit den **Schiffern Eldert Elders, Gerd Biel, Jan J. Staghauer und Tjard J. Konter** geborgen. Die Fässer sind mit keinem Deckel versehen, auch nicht voll.
Am 30. August durch **Schiffer Peter C. Teerling** hierselbst eine kleine Quantität Streuzucker, lose, am 31. August durch **Schiffer Steffen Elders** hierselbst ein Faß voll Streuzucker, sodann einen Sack mit etwas – de,
am 2ten September durch **Schiffer Jacob Lübben** von hier ein kleines Faß mit Streuzucker, das Faß ist mit keinem Deckel versehen, auch nicht ganz voll.

Das überhaupt hier angegebene, in diesem so wie in meinem Berichten vom 28.v. M. zur Anzeige gebrachten Streuzuckers ist durch den Steuer-Aufseher Rehbock aus Greetsyhl zu 6906.to erwogen.
Weil dieser Zucker durch…. Leidet, und nicht wohl lange zu conservieren seyen wird, so halte ich es für nothwendig, daß darüber baldmöglichst verfügt werde, und gebe gehorsamst anheim, mich mit dem öffentlichen Verkauf des Geborgenen beauftragen zu wollen.
Bei dieser Gelegenheit zeige ich pflichtmäßig an, daß als ich mich, auf Anweisung des Königlichen Criminal Amts Emden, am Sonntag den 2ten d.M. zur Untersuchung des gestrandeten Schiffes auf dem Memmert befand, ich daselbst den, mir von Person nicht bekannten, vorgeblichen Schiffer Caspar Bohnmann Finkenwärder, mit der Bergung vernaßten Zucker beschäftigt, antraf. Ich habe demselben bemerklich gemacht daß er das Geborgene ordnungsmäßig abzuliefern hätte und ihm dieses mündlich aufgegeben. Ob er den geborgenen Zucker auf der Insel Juist abgeliefert hat, ist mir unbekannt, hier hat er sich nicht blicken lassen.
Anlangend die in meinem Berichte vom 25ten v. M. gedachten **5 Mannschaften** von der gestrandeten Brigg, so sind selbige von hier nach Emden abgegangen, und vom Königlichen Criminal- Amt daselbst in Untersuchung genommen worden.
Indem ich in Folge verehrlichen Rescripts vom 29ten v. M.
dieses gehorsamst berichte, verharre ich mit größter Hochachtung
Eines Königl. Wohllöblichen Amts
Gehorsamster Diener
/gez./ Uhlenkamp Borkum d. 4. Septbr. 1838

-Abschrift Ende -

Zusatzdaten zu den obengenannten Borkumer Schiffern :

- **Willem C. Staghauer** : * 1780 auf Schiermonnikoog, + 1862 auf Borkum, Schiffer und Austernbankpächter. Er war verheiratet mit Betje Teppes von Schiermonnikoog.
- **Eldert Elders** : * 1807 auf Borkum, + 1883 auf Borkum, Schiffer und Fischer. Ehefrau Geerdje Jacobs Claasen Dijk * 1802 auf Rottum, + 1889 In Emden.
- **Gerd Biel** : * 1791 und + 1853 auf Borkum, Tjalkschiffer. Verheiratet war er mit Antje Jürjens Jellen von Borkum.
- **Jan J. Staghauer** : * 1801 und + 1887 auf Borkum, Fährschiffer. Verheiratet mit Grietje Geerds Wildeboer von Borkum.
- **Tjard J. Konter** : * 1812 in Leeuwarden, + 1864 auf Borkum, Schiffer und Landwirt. Verheiratet mit Teetje Abrahams Olferts von Borkum.
- **Peter Cornelius Teerling** : * 06.10.1806 und + 02.11.1864, Matrose und Schiffer, verheiratet mit Grietje Geerds Teerling.

- **Steffen Elders** : * 1793 und +1852 auf Borkum, Tjalkschiffer. Ehefrau Fenje Jacobs van Dijk von Rottum.
- **Jacob Lübben** : * 1808 **in Tönning** und + 1854 auf Borkum, Schiffer. Ehefrau Geeske Lammers Gerhards von Borkum.

Bild : Ansicht einer Brigg in der Größe der Braganza.
Vermutlich Ausfahrt Emder Hafen.
Quelle : Postkartensammlung Gerd Gitzen.

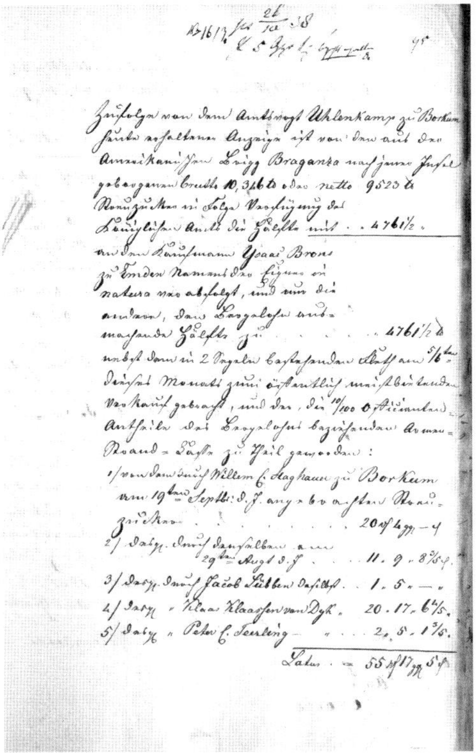

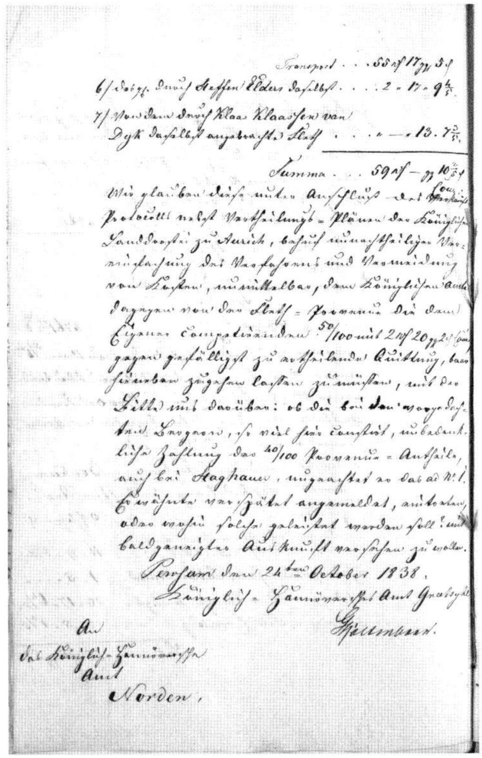

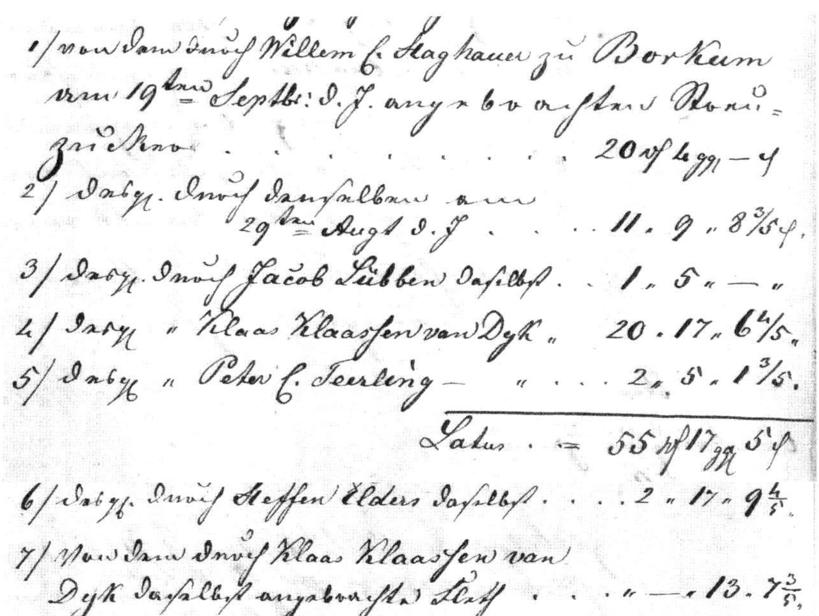

Originalakte aus dem Staatsarchiv Aurich, mit Vergrößerung
der relevanten Namenszeilen, **Transkription folgend :**

An das Königlich Hannöversche Amt Norden

Zufolge von dem **Amtsvogt Uhlenkamp zu Borkum** heute erhaltenen Anzeige ist von dem aus der **Amerikanischen Brigg Braganza** nach jener Insel geborgenen brutto 10,326 to oder netto 9523 to Streuzucker in Folge Verfügung des Königlichen Amts die Hälfte mit „4761 ½“ an den **Kaufmann Ysaac Brons zu Emden** Namens des Eigners in natura verabfolgt, und um die andern, den Bergelohn ausmachende Hälfte zu ……“4761 ½“ to nebst dem in 2 Segeln bestehenden Sluth ?? am 5/6ten dieses Monats zum öffentlich meistbietenden Verkauf gebracht, und der, die 10/100 ?? Antheile des Bergelohns beziehenden Armen-Strand- Casse zu Theil geworden:

1)von dem durch **Willem E. Staghauer zu Borkum** am 19ten Septbr. d.J. angebrachten Streuzucker 20 …	20 oflegg -4
2)desgl. durch denselben am 29ten Augt. d.J……	11.9..8 3/5
3)desgl. durch **Jacob Lübben** daselbst…..	1.5..-..
4)desgl. durch **Klaas Klaassen van Dyk**…..	20.17..6 4/5
5)desgl. durch **Peter C. Teerling**….	2..5. 1 3/5

	Latus 55of17gg5s
6)desgl. durch **Steffen Elders** daselbst…	2..17..9 4/5
7) von dem durch **Klaas Klaassen van Dyk** daselbst angebrachten Sluth ?? .-.	13.7 3/5

	Summa 59of-gg 10 2/5

Wir glauben diese unter Anschluss des Verkaufs- Protocolls nebst Vertheilungs-Plänen der Königlichen Landdrostei zu Aurich, behuf unnachtheiliger Vereinfachung des Verfahrens und Vermeidung von Kosten, unmittelbar, dem Königlichen Amte dagegen von der Fluth- Provenue die dem Eigener competirenden 50/100 mit 200…. gegen gefälligst zu ertheilende Quittung, bar hirueber zugehen lassen zu müssen, mit der Bitte und darüber: ob die bei den vorgedachten Bergern, so viel hier cursirt, unbedenkliche Zahlung des 40/100 Provenue- Antheile, auch bei **Staghauer**, ungeachtet er das ad No 1 Er wähnte verspätet angemeldet, eintreten, oder wohin solche geleistet werden soll?
mit bald geneigter Auskunft versehen zu wollen.

Pewsum den 24ten October 1838.

Königlich- Hannöversches Amt Greetsyhl

- Abschrift Ende -

Bild : Borkumer Ostlandbauer um die Jahrhundertwende.
Quelle : Aus dem Besitz Christoph Michaelsen.

Am Ende wurde in einem Teilungsplan festgehalten, welche Zuckermengen wohin geborgen wurden :

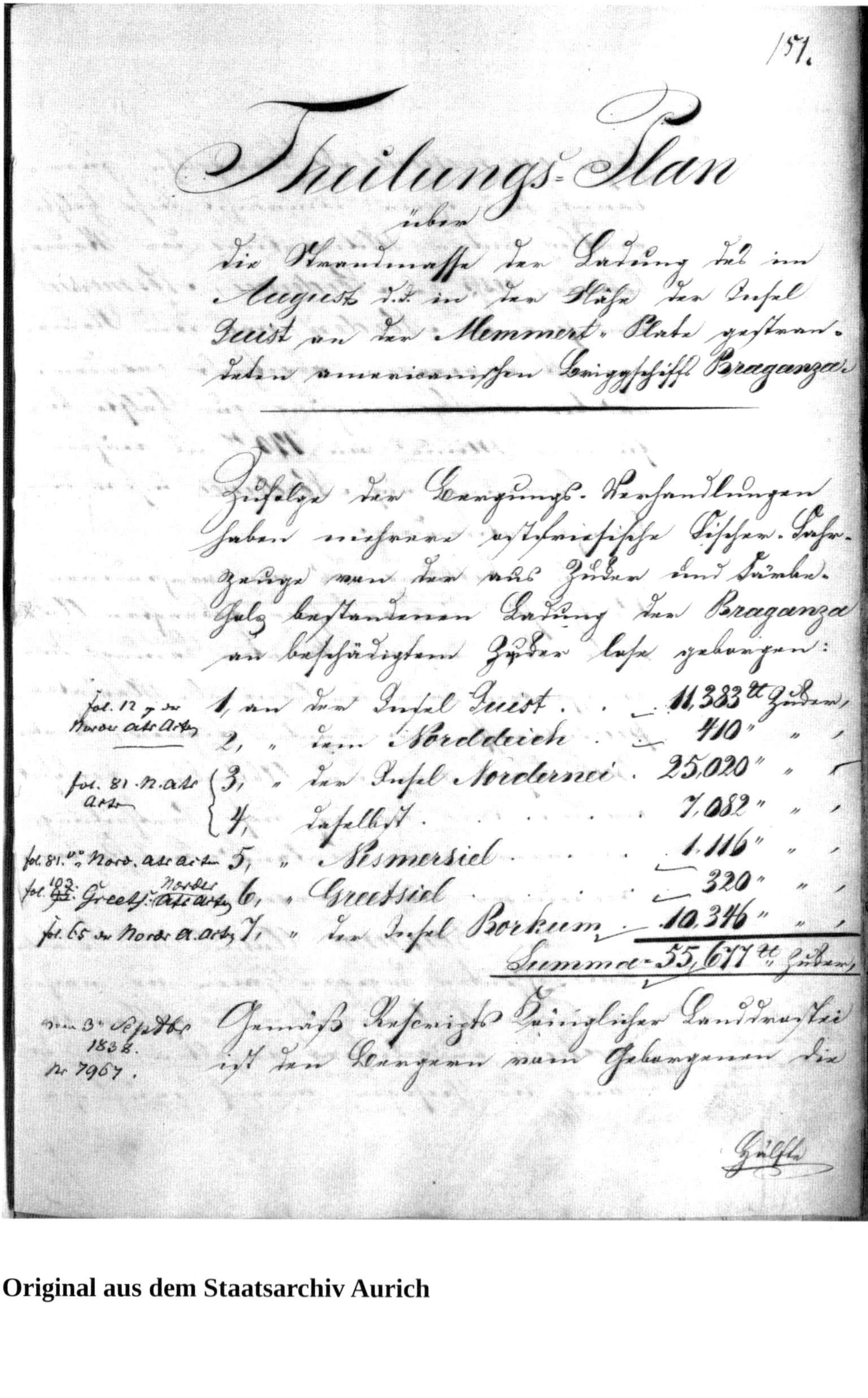

Theilungs-Plan

über

die Strandmasse der Ladung des im August d.J. in der Nähe der Insel Juist an der Memmert-Plate gestrandeten americanischen Briggschiffs Braganza

Zufolge der Bergungs-Verhandlungen haben mehrere ostfriesische Fischer-Fahrzeuge von der aus Zucker und Farbeholz bestandenen Ladung der Braganza an beschädigtem Zucker [illegible] geborgen:

fol. 12 [illegible] Norder acta	1, an der Insel Juist	11,383 tt Zucker,
	2, " dem Norddeich	410 " "
fol. 81 N. acta	3, " der Insel Norderney	25,020 " "
	4, daselbst	7,082 " "
fol. 81 [illegible] Nord. acta	5, " Nesmersiel	1,116 " "
fol. 103 Greetsiel Norder acta	6, " Greetsiel	320 " "
fol. 65 [illegible] Norder acta	7, " der Insel Borkum	10,346 " "
	Summa	55,677 tt Zucker

vom 3. Septbr. 1838. Nr 7967. Gemäß Rescript Königlicher Landdrostei ist den Bergern vom Geborgenen die

Original aus dem Staatsarchiv Aurich

3 Emden

In drei Artikeln aus der Ostfriesenzeitung von 1838 wird kurz der weitere Verlauf der Erkenntnisse verdeutlicht :

Emden, den 30. August. Am 23. d. ist ein Schiff zwischen Borkum und Juist gestrandet; — 5 Matrosen, welche davon hier angekommen, sagen aus, es sey das Amerikanische Schiff Ceres, Capt. Wight, 230 Tonnen grofs, von Neworleans mit Zucker und Farbehölzer nach Hamburg bestimmt. — Auf Gerüchte und Anzeigen über Beraubung der Ladung, und auf vorliegende besondere Verdachtsgründe sind die 5 Matrosen hier zur gerichtlichen Untersuchung gezogen. Der Capitain, der Obersteuermann und noch 3 Mann der Besatzung sollen sich, den Aussagen dieser Matrosen zufolge, früher als sie, mit dem grofsen Boote entfernt haben. Man hat noch nichts von denselben vernommen. — Der Verdacht, dafs ein Verbrechen begangen worden sey, hat sich dadurch noch erschwert, dafs einer der eingezogenen Matrosen sich heute in seinem Gefängnifs erhängt hat.

(Eine Beilage folgt nach.)

Emden, den 31. August. Die Untersuchung über die hier gefänglich eingezogenen Matrosen von dem am 23. d. zwischen Borkum und Juist gestrandeten Schiffe soll bis jetzt zu folgenden Eingeständnissen geführt haben, welche wir hier als Fortsetzung und zugleich als Berichtigung des vorn in unserer heutigen Nummer unter den Schiffs-Nachrichten stehenden Artikels mittheilen: „Das gestrandete Schiff ist die Amerikanische Brigg Braganza, — Norfolk, — Capt. Jolly, von Philadelphia nach Genua bestimmt. Auf dem Atlantischen Ocean brach unter einem Theile der Besatzung dieses Schiffs eine Meuterei aus, welche von den hier arretirten 5 Matrosen ausgegangen und bei welcher der Capitain Jolly (einigen Aussagen nach auch der Ober-Steuermann) von ihnen über Bord geworfen worden; die übrigen am Bord befindlichen Personen, namentlich der Schiffs-Eigner Mr. Deal nebst Gemahlin, die Frau des Schiffs-Capitains, der zweite Steuermann und der Koch, ein Neger, wurden von diesen Meuterern in die Kajüte eingeschlossen und zuletzt auf ihr inständiges Flehen an der Portugiesischen Küste in dem grofsen Boote ausgesetzt; die Delinquenten sagen aus, dafs sie dieses Boot zuvor mit Segeln und Rudern versehen und den vorbenannten Personen einen Mundvorrath auf 20 Tage mitgegeben hätten. Möchte sich diese letztere Aussage bestätigen und wir recht bald günstige Kunde von diesen in einem Boote den brausenden Wellen preisgegebenen unglücklichen Personen erhalten. Die Missethäter werden ihrer gerechten Strafe nicht entgehen. — Einer der Verbrecher, der Matrose John Adam, aus Hamburg gebürtig, hat, wie wir bereits gemeldet, sich im Gefängnisse erdrosselt."

E m d e n, den 3. September. Wir können die erfreuliche Nachricht mittheilen, dafs die fünf Menschen, welche die hier verhafteten Matrosen von dem Schiffe „Braganza“ an der Portugiesischen Küste in dem grofsen Boote aussetzten, glücklich gerettet und zu Greenock in Schottland gelandet worden sind, welche Meldung in nachfolgendem Schreiben enthalten ist. Die Meldung stimmt mit den Eingeständnissen der verhafteten Verbrecher überein, nur ist der Name des Capitains anders angegeben als in unserm Artikel vom 31. v. M., welches wahrscheinlich in einer undeutlichen Angabe seinen Grund haben mufs. Der von uns angegebene Name constatirt aus der Untersuchung und fand sich in dem Beinkleide des einen Delinquenten angebracht. Das obenerwähnte Schreiben, welches die Hamburger Börsenhalle mittheilt, lautet wie folgt:

„*G r e e n o c k, den 25. August:*
Das Schiff Hebden, Capt. Fowler, von Licata hier angekommen, traf am 12. d. M. auf 42 Gr. Br. und 16 Gr. L. ein Boot mit fünf Menschen an, nämlich drei Passagiere und zwei Matrosen, die zu dem Schiffe B r a g a n z a, Capt. Turnley, am 9. v. M. von P h i l a d e l p h i a nach G e n u a gesegelt, gehörten. Die Mannschaft dieses Schiffs hatte sich empört, den Capitain und Steuermann ermordet und über Bord geworfen.“

Quelle : Stadtmuseum Emden

Bei genauem Lesen erkennt man, daß die Schiffbrüchigen noch am 30. August, also eine Woche nach der Strandung, versucht haben den wahren Schiffsnamen, die Umstände des Unglücks und die Reiseroute zu verschleiern.

Wir haben eine preußische Brigg Ceres finden können, auf der als Auswandererschiff entsetzliche Zustände geherrscht haben sollen : Unter anderem wurden Passagiere, die sich über die Essensrationen beschwerten vom Kapitän mit dem Tau geschlagen.
Eine Vergewaltigung an Bord beschäftigte bis 1819 die Gerichte.
Möglicherweise kannte einer der Meuterer dieses Schiff, ist darauf gefahren und nannte deshalb diesen Namen.

Einer der fünf Männer, die auf Borkum gestrandet sind, war also John Adams. Dieser ist oben in einem der Zeitungsartikel erwähnt.
Er erhängte sich in der ersten Nacht im Emder Gefängnis.
Adams gibt als Heimatstadt Hamburg an.
Selbstverständlich wurden auch die Personalien der anderen vier Seeleute ermittelt.
Diese Namen fanden wir in einer Gefängnisrechnung des Stadtgefängnisses Emden vom 7. November 1838 an die Staatskasse Hannover :

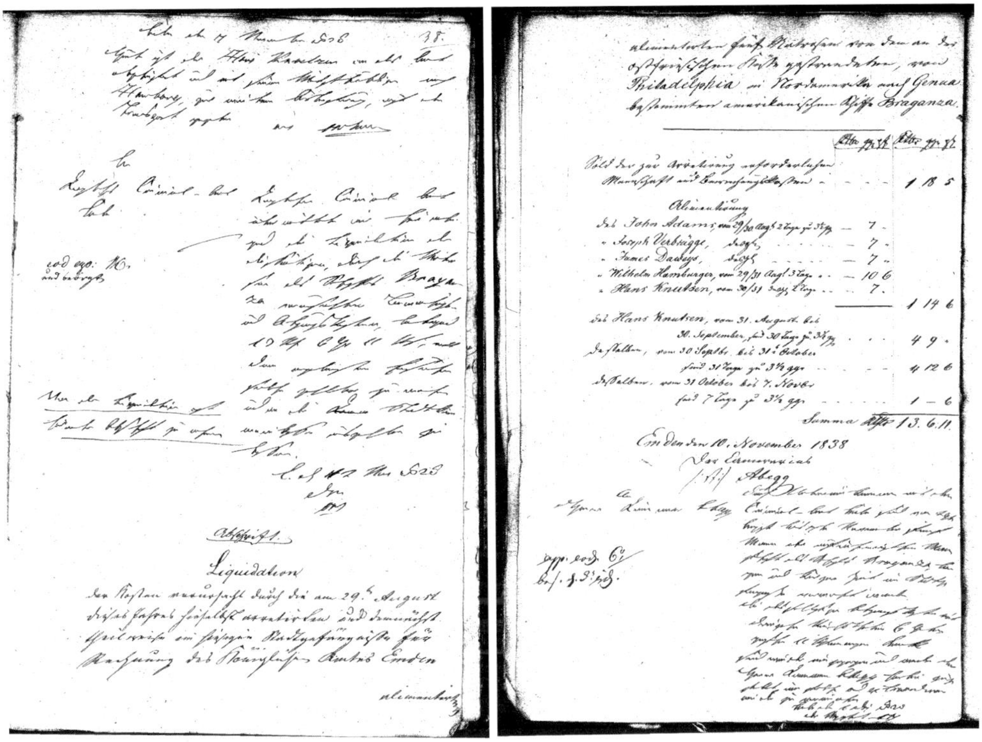

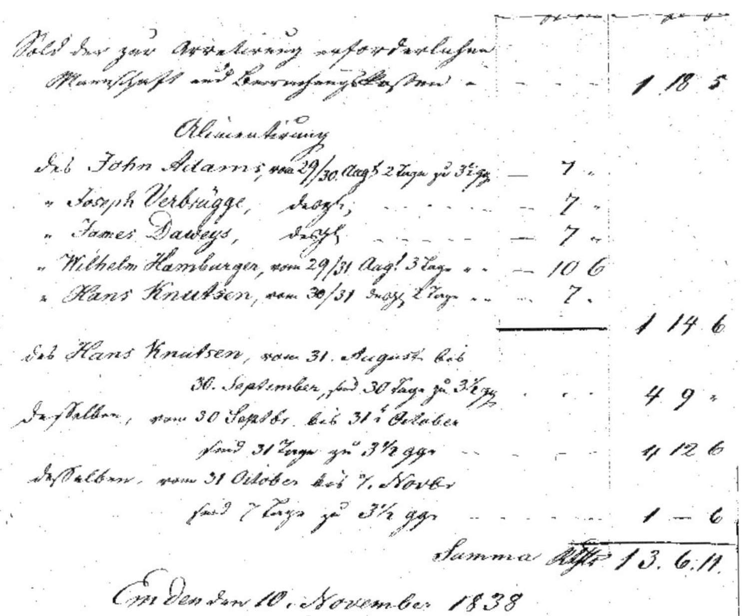

Sold der zur Ausrüstung erforderlichen Mannschaft und Bewachungsleuten – 1.18.5

Abmusterung

des John Adams, vom 29/30 Aug. 2 Tage zu 3½ gg – 7.
" Joseph Verbrügge, desgl. – 7.
" James Daweys, desgl. – 7.
" Wilhelm Hamburger, vom 29/31 Aug. 3 Tage – 10 6
" Hans Knutsen, vom 30/31 desgl. 2 Tage – 7. — 1.14.6

des Hans Knutsen, vom 31. August bis 30. September, sind 30 Tage zu 3½ gg – 4 9 .
desselben, vom 30 Septbr. bis 31. October sind 31 Tage zu 3½ gg – 4 12 6
desselben, vom 31 October bis 7. Novbr sind 7 Tage zu 3½ gg – 1 – 6

Summa Rthlr 13. 6. 11.

Emden den 10. November 1838

Bild :

Originalakten Landesmuseum Emden mit Vergrößerung der relevanten Namenszeilen,

Transkription folgend :

Transkription:

Akte **III Nr. 456** Stadtarchiv Emden
Pagina: 38
Emden, den 7. November 1838
Heut ist der Hans Knudzen in das Boot abgeführt und mit seinen Mitschuldigen nach Harburg zur weiteren Betrachtung (=Befragung) auf den Transport gegeben.

(Unterschrift)

Königliches Kriminalamt Emden
Königliches Kriminalamt übermitteln wir hieranliegend die Liquidation der diesseitigen, durch die Matrosen des Schiffes Braganza verursachten Bewachungs- und Atzungskosten betragend 13 Rthlr. 6 Ggr. und 11 Pf, mit dem ergebensten Ersuchen solche zahlbar zu machen und an die Stadtkämmereikasse auszahlen zu lassen
Emden, den 7ten November 1838

Abschrift: Liquidation
Der Kosten verursacht die am 29. August dieses Jahres hier arretirten und demnächst theilweise im hiesigen Stadtgefängnisse für Rechnung des Königlichen Amtes Emden alimentirte fünf Matrosen von dem an der ostfriesischen Küste gestrandeten, von Philadelphia in Nordamerika nach Genua bestimmten amerikanischen Schiffe Braganza.

Sold der zur Arretirung erforderlichen Mannschaft und Bewachungskosten:
1 Rthlr, 18 Ggr, 5 Pf

Alimentirung		
Des **John Adams** vom 29./30. Aug: 2 Tage zu 3 ½ Ggr		7 Ggr.
Des **Joseph Verbrüggen**	desgl.	7 Ggr.
Des **James Daweys**	desgl.	7 Ggr.
Des **Wilhelm Hamburger** vom 29/31 Aug: 3 Tage		10 Ggr. 6 Pf
Des **Hans Knutzen** vom 30./31. Aug. 2 Tage		7 Ggr.
		1 Rthlr. 14 Ggr. 6 Pf
Des Hans Knudzen vom 31. August bis 30. September sind 30 Tage zu 3 ½ Ggr		4 Rthlr 9 Ggr
Desselben vom 30 September bis 31 Oktober sind 31 Tage zu 3 ½ Ggr		4 Rthlr 12 Ggr 6 Pf
Desselben vom 31. October bis 7. November sind 7 Tage zu 3 ½ Ggr.		1 Rthlr, 6 Pf
	Summa:	13 Rthlr. 6 Ggr. 11 Pf

Emden, den 10. November 1838
Der Cammerarius
Abegg

Durch Übereinkommen mit dem Criminalamt Emden sind an jüngst verwichenen Monaten fünf Mann der aufrührerischen Mannschaft des Schiffes Braganza längere oder kürzere Zeit im Stadtgefängnis verwahrt worden. Die dortselbstigen Atzungskosten von 13 Reichsthalern 6 Gute Groschen und 11 Pfennigen Kurant sind nunmehr eingezogen und werden dem Herrn Cammerarius Abegg hieran zugestellet, um solche ad exordinariam zu vereinnahmen.
Emden, 1. December 1838

Der Magistrat

- Abschrift Ende -

Bild : Das alte Emder Rathaus am Ratsdelft
Foto nach der Jahrhundertwende, Quelle : Stadtmuseum Emden

In Emden ist nach der damaligen Mode das Geschehen auf der Brigg Braganza in einem graphischen Blatt wiedergegeben worden.
Daß dieses Dokument erhalten blieb, ist uns eine ganz besondere Freude gewesen :

Bild : Graphisches Blatt der Emder Zeitung vom August 1838

Die Meuterei auf der Braganza schlug im ganzen Lande hohe Wellen. Die Ladung von Zucker und Farbhölzern war von großem Wert. Der Eigner des Schiffes, ein Mann namens Diehl, erreichte mit vier weiteren Personen auf dem Schiffe ‚Hebden' lebend Greenock in Schottland.
Nicht wissend, daß die Braganza vor Borkum bereits auf Grund liegt, und die Meuterer inhaftiert sind, gibt Diehl eine genaue Beschreibung von der Besatzung und seinem Schiff, die dann als Fahndungsschreiben in allen großen Häfen der Nordseeküste verteilt wurde.

Meuterei und Mord waren schwerste Verbrechen, die international verfolgt wurden. Es drohte schon bei versuchter Meuterei die Todesstrafe, bei verübtem Morde sowieso.

Und tatsächlich haben wir diesen Steckbrief in einer Zeitung abgedruckt gefunden.
Jetzt bekommen unsere fünf Häftlinge Körper, Gesicht und Merkmale.

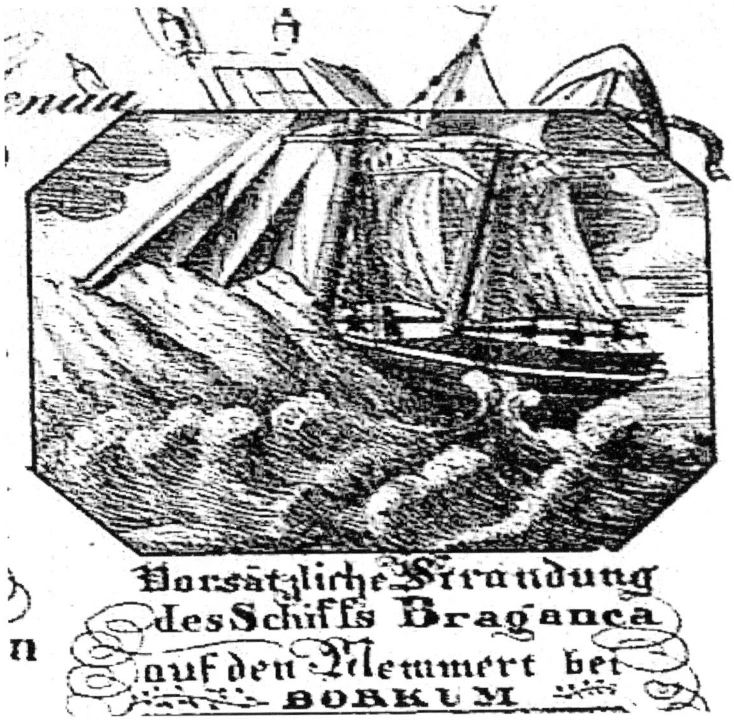

Bild : Ausschnitt Graphisches Blatt Emden 1838 Emder Zeitung.

Zitat: Aus der Allgemeinen Zeitung von und für Bayern Nr. 258, Nürnberg, Samstag, den 15. September 1838

Meuterei an Bord der Braganza.

Ueber die jetzt in Emden bei der dortigen Criminalbehörde anhängig gemachte Untersuchung einer Meuterei auf der hohen See enthält nachstehendes Schreiben des Hrn, George Diehl, eines der Passagiere der Brigg Braganza, die von dem Schiffe Hebden gerettet und nach Greenock gebracht wurden, folgende nähere Angaben: „Am 5. August d. J., um 2 Uhr Nachts, als wir uns auf 37° N. Br. 13° W. L. befanden, empörte sich die Mannschaft auf der amerikanischen Brigg Braganza, geführt von Capt. Turley von Portorico und Philadelphia nach Genua bestimmt, warf den Capitän über Bord und nahm Besitz vom Schiffe. Als die nachbenannten Passagiere die Brigg verließen, was am 11.August geschah, befand sich das Fahrzeug auf ungefähr 41° 41' N. Br. 15° 30' W. L., den Cours NO. z. O. steuernd, in der Absicht, wie gesagt wurde, den brittischen Canal einzugehen und irgend wo dort oder in der Umgegend zu landen. Die Passagiere der Brigg bestanden aus Hrn. George Diehl, nebst Frau, und der Frau des Capt. Turley, welche samt dem zweiten Steuermann Moir und dem Koch der Brigg, Sonntag, den 12. August, 2 1/4 Uhr Nachmittags, von der Brigg Hebden, Capt. Fowler, aus Scarbro' (England) aufgenommen und gerettet wurden, nachdem sie 25 Stunden im offenen Boote 350 Meilen vom Lande entfernt auf dem Meere zugebracht hatten.

Die nähere Bezeichnung der Meuterer, so genau wie sie jetzt möglich zu geben ist, lautet wie folgt:

die Zunamen der Schuldigen sind nicht anzugeben, mit Vornamen nennen sie sich aber: William, Henry, Joseph, Hans und James. **William** ist ein Teutscher, ungefähr 5 Fuß 8 bis 9 Zoll groß, von heller Farbe, hellem Haar, blauen Augen und auf der Brust sind, so viel erinnerlich die Worte CTW VON POOT mit Tusche (Indian ink) eingebeizt. **Henry**, gleichfalls ein Teutscher, ist 5 Fuß 6 bis 7 Zoll groß, 30 bis 35 Jahre alt, von heller Farbe, hellem Haar, blauen Augen, starkem Körperbau, freundlichem Gesicht und weibischem Wesen; auf der rechten Seite der Brust hat er eine kleine Narbe. **Joseph** ist - wie das Original sich ausdrückt - ein Dutch-Frenchman, 5 Fuß 6 bis 7 Zoll groß, ungefähr 30 Jahre alt, schwarzes Haar und Knebelbart, ein fast wildes Aussehen, die Lippen zusammengekniffen, sobald er aufgeregt ist; er trägt kleine Ringe in den Ohren, alle Finger der rechten Hand sind an der innern Seite stark zerfetzt und auf der Außenseite derselben Hand befindet sich eine verjährte Narbe, er hat einen hoppelnden Gang und ist blatternarbig. **Hans**, ein Teutscher, ist 5 Fuß 8 bis 9 Zoll groß, ungefähr 20 Jahre alt, von dunkler Farbe und dunklem Haar, schwarzen Augen, glatter Haut und freundlichem Wesen.

James, ist ein Engländer und aus Brixham gebürtig;
16 bis 17 Jahre alt und ungefähr 5 Fuß 4 bis 5 Zoll groß; hat eine ungewöhnliche Nase, deren Spitze sich nach oben umbiegt. Die Braganza ist eine vollständig ausgerüstete Brigg von ungefähr 200 bis 220 Tonnen; hatte in St. Johns auf Portorico eine Ladung Zucker eingenommen, die durch Herrn Sidney Mason auf Portorico verschifft, an die Hrn. Grant Balfour u. Comp, in Genua adressirt war. Der erste Steuermann lag, als die Passagiere das Schiff verließen, mit zerschmettertem Kopfe und Stichen in der Seite, sterbend in der Cajüte. - Das Schiff war in Philadelphia nur aus Noth eingelaufen gewesen.

George Diehl." **- Zitat Ende -**

Bild : eine Brigg
Quelle : Martina Berg

In einem anderen Zeitungsartikel findet sich zusätzlich eine grobe Beschreibung des Schiffes:

Zitat : Aus: Niles' National Register - Oct. 20, 1838 - Miscellaneous

Entsetzlicher Fall von Meuterei und Mord.
Das folgende Dokument, übermittelt an den Konsul der Vereinigten Staaten in London, und seinerseits an das Staatsministerium weitergeleitet, wird hier veröffentlicht zur Information der Freunde der hierin erwähnten Personen.
Ausschuß der Einwandererbehörde, Greenock, den 26. August 1838.

Mein Herr,
ich habe die Ehre Sie im Namen meiner Oberhausbeauftragten der Admiralität zu informieren (...)

(Es folgt hier erneut der Tathergang, für uns ist nur noch die Beschreibung des Schiffes wichtig.)

Die Braganza ist eine vollgetakelte Brigg von etwa 220 Tonnen, schwarzgestrichen mit einem schmalen weißen Streifen und bemalten Luken, einem eingezogenen Bug, der Seitenstreifen war nicht gut erkennbar, weil das Schiff kurz zuvor aufgebockt und kalfatert wurde, und das Pech nicht abgekratzt wurde.
Sie hatte eine Ladung Zucker aus St. John.Sollte ich weitere Einzelheiten hören, so werde ich Eure Lordschaft in Kenntnis setzen.

Ich habe die Ehre, mein Herr,
Ihr gehorsamster, untertänigster Diener zu sein
S. H. Hemmay lt. R.N.
der Emigrations-Agent Ihrer Majestät, Greenock.
An Hochwohlgebohren (.....) Wood, Mitglied der Admiralität, London.

- Zitat Ende, eigene Übersetzung -

Über Peters Cousine, die beim Mobilen Einsatzkommando Niedersachsens MEK arbeitet, bekamen wir Kontakt zu dem bekannten Phantomzeichner Hauptkommissar Dirk Scheerle vom
Landeskriminalamt LKA Hannover.

Dieser ließ es sich nicht nehmen, für einige Tage zu uns auf die Insel zu kommen, um nach dem Steckbrief von 1838 die Männer so zu zeichnen, wie das LKA sie heute suchen würde.
Mit seiner Hilfe bekommen die fünf Seeleute nun ein Gesicht.
Für uns und den Leser wird die Geschichte noch anschaulicher :

Bilder von Hauptkommissar Dirk Scheerle, Phantomzeichner am LKA Hannover :

Cornelius Tunis Wilhelms,
40 Jahre alt aus Föhr

5 Fuß 9 Inches groß und sehr mager in seiner Erscheinung ; von Natur aus blass, aber doch gebräunt durch die Elemente, - dunkles Haar und Backenbart, den er aber in der Haft abrasiert hat
auf der Brust sind die Worte CTW VON POOT mit Tusche eingebeizt

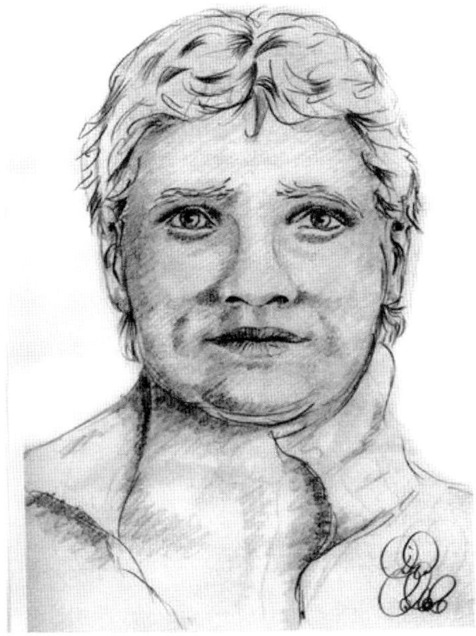

John Adams, 30 bis 35 Jahre alt
aus Hamburg

ein Teutscher, 5 Fuß, 6 bis 7 Zoll groß von heller Farbe , hellem Haar, blauen Augen, starkem Körperbau, freundliches Gesicht und weibisches Wesen

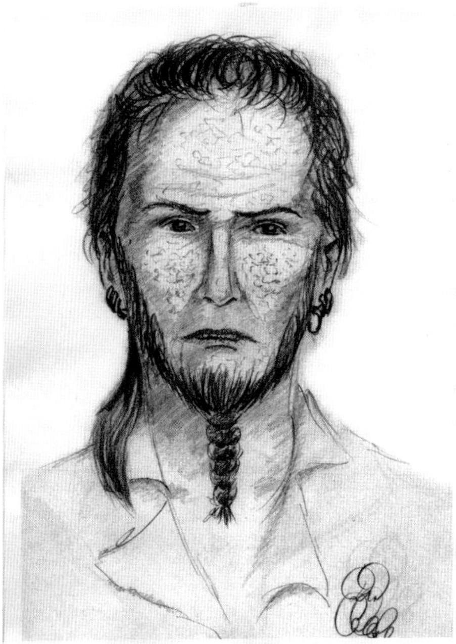

Joseph Ver Bruggen, 30 Jahre alt
aus Antwerpen

Belgier, 5 Fuß, 6 bis 7 Zoll groß, schwarzes Haar und Knebelbart, ein fast wildes Aussehen, die Lippen zusammengekniffen, sobald er aufgeregt ist; er trägt kleine Ringe in den Ohren, alle Finger der rechten Hand sind an der innern Seite stark zerfetzt und auf der Außenseite derselben Hand befindet sich eine verjährte Narbe,
er hat einen hoppelnden Gang
und ist blatternarbig

Hans Knudsen, 20 Jahre alt
aus Tönning

ein Teutscher, 5 Fuß, 8 bis 9 Zoll groß, von dunkler Farbe und dunklem Haar, schwarze Augen, glatte Haut und freundliches Wesen

James Davies, 16 Jahre alt
aus Aberavon, England

ungefähr 5 Fuß 4 bis 5 Zoll groß, mit einer ungewöhnlichen Nase, deren Spitze sich nach oben umbiegt

Wir sehen jetzt den kleinen Schiffsjungen James Davies, und uns wird klar, daß die mündliche Überlieferung, der Schiffsjunge habe auf Borkum alle verraten, wohl den Tatsachen entspricht.
In der Emder Bilderfolge wird erwähnt, daß der Schiffsjunge im Gefängnis frei herumläuft.

Ysaac Brons, ein Vorfahre von Dr. Bernhard Brons, heutiger Geschäftsführer der Fährlinie AG Ems, war ein erfolgreicher Emder Kaufmann und britischer Vizekonsul.
Er nimmt sich des Schiffsjungens an und will ihn vor Gericht verteidigen. Als britischer Konsul mit viel Erfahrung spricht er perfekt Englisch und wird von dem jungen Engländer sicherlich den ganzen Hergang der Meuterei erfahren haben.

Bild : Ausschnitt Graphisches Blatt Emden 1838 Emder Zeitung.

Die Vereinigten Staaten von Amerika fordern die Auslieferung der Meuterer, da die Brigg Braganza ein amerikanisches Schiff war.
Am neunten Dezember 1838 verläßt das Schiff ‚Shepherdes' Hamburg-Harburg in Richtung New York unter der Führung von Kapitän Francis.

An Bord sind vier Meuterer.

4 New York, der Prozeß

Rückblick :
Die Schicksalsreise der Braganza beginnt auf St. John, einer kleinen Insel in der Karibik.

Bild : St. Croix um 1840, Nachbarinsel von St. John (auf dänisch St. Jan),
Postkarte, Quelle : Schiffahrtsmuseum Flensburg

Die Braganza war eine Brigg von etwa 220 Tonnen, das heißt in etwa, daß sie um 30 Meter lang war, etwa 7 Meter breit mit einem Tiefgang von um die 3,5 Metern und mit einer Masthöhe von rund 32 Metern.
Sie war für den Transport von Zucker ausgebaut.
Eine Brigg ist ein Segelschiff mit zwei Masten und mit Rahsegeln an beiden Masten. Am Großmast wurde damals ein Schratsegel, heute meist ein Gaffelsegel, gefahren, das bei dieser Takelung Briggsegel heißt.

Für Nichtsegler wollen wir anmerken, daß ein derart großes Schiff mit einer Mannschaft von nur fünf Personen bloß mit großer Anstrengung zu segeln ist.

Ihr Eigner Mr. Diehl begleitete die Reise mit seiner Ehefrau, was damals nicht unüblich war.
Wir wissen, daß sich einige der Besatzungsmitglieder von vorhergegangenen Reisen kannten. Vermutlich kannte auch Mr. Diehl diese Männer schon zuvor, da er sich später so genau an sie erinnern wird.

Im Juni 1838 verläßt die Braganza vollgeladen mit Zucker und Farbhölzern die Karibikinsel St. John mit Kurs auf Genua.
Man mag von schlechten Vorzeichen reden, denn das Schiff gerät bereits am Anfang der Reise in einen schweren Sturm und muß seinen Heimathafen Philadelphia für Reparaturen anlaufen.
Am 8. Juli 1838 verläßt die Brigg dann wieder Amerika Richtung Italien.
In Philadelphia wurden noch zwei weitere Seemänner angeheuert : John Adams aus Hamburg und James Davies aus England.

Die Besatzung besteht nun aus : dem Eigner George N. Diehl nebst Ehefrau, dem Kapitän Arnel F. Turley nebst Ehefrau, dem ersten Steuermann Mr. Thomas Vanderslice, dem zweiten Steuermann Robert Moore, den Seeleuten Cornelius Wilhelms, John Adams, Joseph Ver Brüggen, Hans Knudsen, dem Koch Mr. Brown, einem Farbigen, sowie dem Schiffsjungen James Davies.

Die Fahrt verlief bis zum fünften August 1838 ohne Zwischenfälle. Die Offiziere und die Seeleute müssen bereits Fahrten miteinander unternommen haben, anders läßt sich der später beschriebene Haß der Mannschaft auf den Kapitän und den ersten Steuermann schwer erklären.

Um zwei Uhr nachts am fünften August 1838 beginnt die Meuterei auf dem Atlantik. Der Kapitän und der erste Steuermann verlieren dabei ihr Leben. Der Eigner und der Rest der Mannschaft werden auf dem Atlantik ausgesetzt, die Brigg Hebden rettet die Ausgesetzten und bringt sie nach Greenock in Schottland.

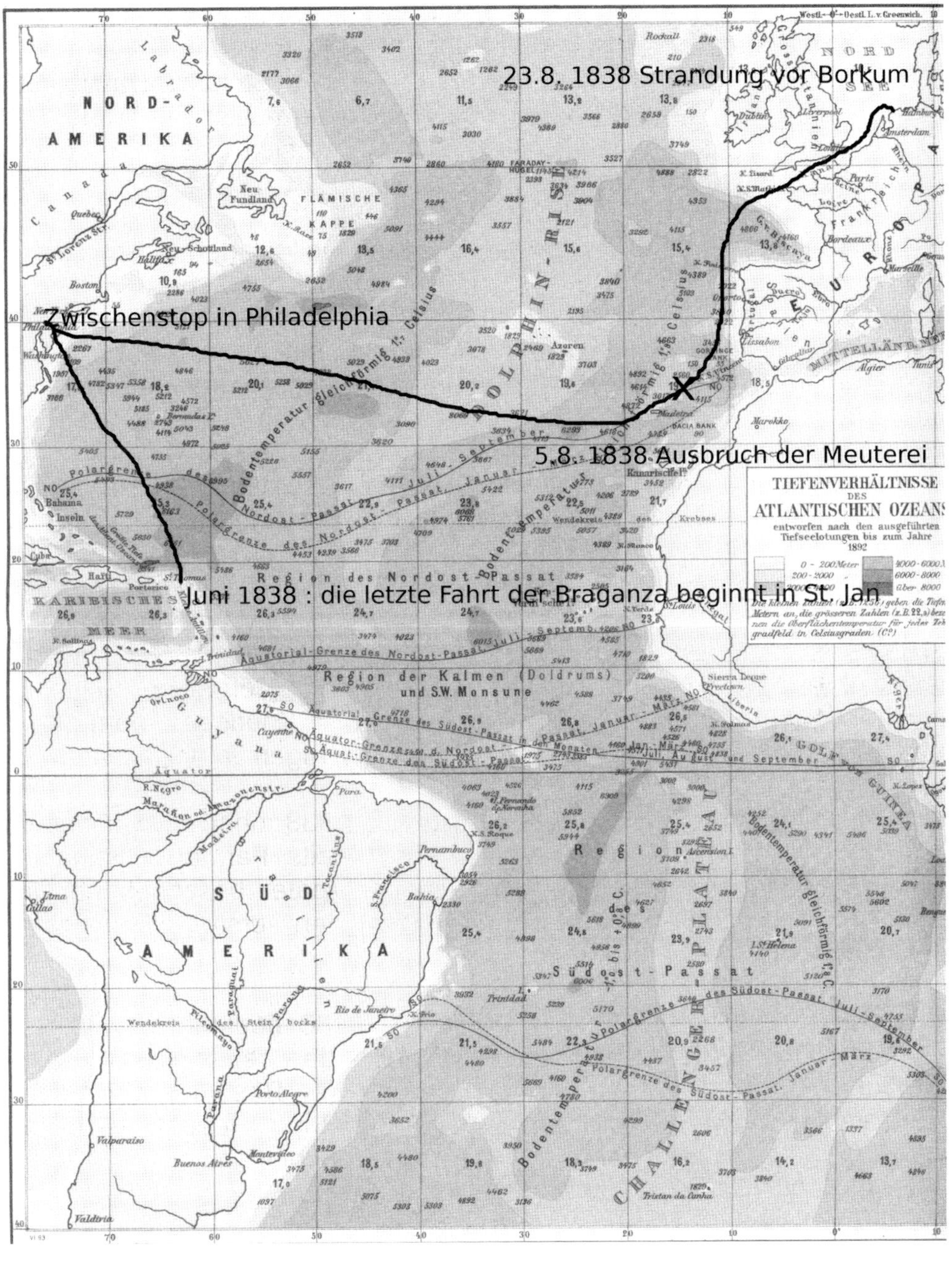

Die Route der Braganza
Quelle : eigene Kartensammlung

Die Braganza strandet vor Borkum, die Meuterer werden gefangengenommen und nach Amerika ausgeliefert. Das Schiff ‚Shepherdes' trifft im März 1839 mit den Gefangenen in den USA ein, wo sie ihren Prozeß im City-Prison von New York erwarten.
Der Hergang der weiteren Ereignisse auf dem Atlantik wird in New York vor Gericht weitgehend aufgeklärt.

Bild : Gerichtsgebäude New York 1838
Zeichnung H. Nickoleit nach historischen Vorlagen

Im amerikanischen Recht teilt sich ein Strafprozeß in mehrere Abschnitte :

Zuerst eine Haftanordnung bei hinreichendem Verdacht auf eine Straftat.
Dann kommt es zur Verhandlung zwecks Feststellung der Schuldigkeit, hierzu liegen uns acht Originalakten der Anklageschriften aus dem New Yorker Staatsarchiv vor, siehe unten.
Danach wird in einer weiteren Verhandlung das Strafmaß festgesetzt.
Die Meuterer der Brigg ‚Braganza' mußten sich vor Gericht zum Einen wegen Mordes, zum Anderen wegen Piraterie in zwei Prozessen verantworten.

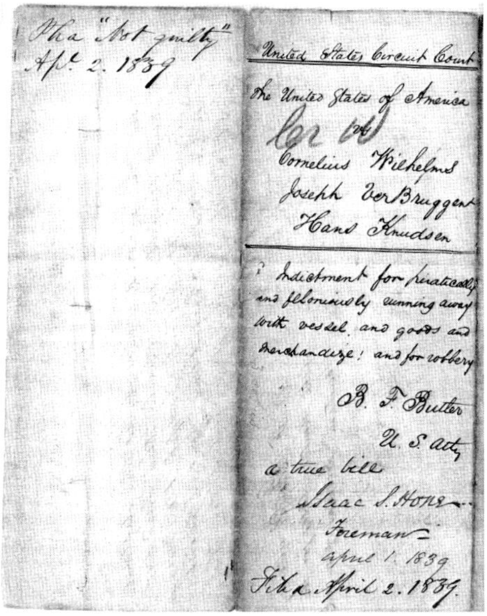

Plea "Not guilty"
Apl. 2. 1839

United States Circuit Court

The United States of America
vs
Cornelius Wilhelms
Joseph Ver Bruggen &
Hans Knudsen

Indictment for piratically and feloniously running away with vessel and goods and merchandize; and for robbery

B. F. Butler
U. S. Atty

a true bill
Isaac S. Hone
Foreman
April 1. 1839
Filed April 2. 1839

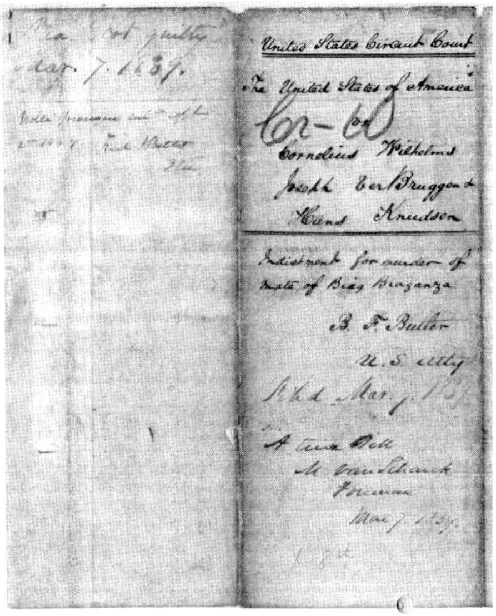

Plea "Not guilty"
Mar. 7. 1839

United States Circuit Court

The United States of America
vs
Cornelius Wilhelms
Joseph Ver Bruggen &
Hans Knudsen

Indictment for murder of mate of Brig Braganza

B. F. Butler
U. S. Atty
Filed Mar. 7. 1839

A true bill
M. Van Schaick
Foreman
Mar 7. 1839

Bilder : Zwei Anklageschriften-Deckel, links wegen Piraterie, rechts wegen Mordes, aus dem NY Gerichtsarchiv

Unser Prozess wurde von der amerikanischen Presse landesweit mit großem Interesse verfolgt.

Der Ablauf der Meuterei ist in den Zeugenaussagen vor Gericht in New York erhalten und wurde veröffentlicht :

Anmerkung :

In dem 1844 erschienenen Buch "The American Pirate's Own Book" von John B. Perry, einer Fallsammlung von Piratenprozessen, wird auch der Prozess um die Meuterei auf der Braganza erwähnt. Diese Zusammenstellung erbringt für uns keine weiteren Erkenntnisse. Aber die in dem Buch abgedruckten Illustrationen veranschaulichen unsere Geschichte zusätzlich, und deshalb haben wir sie nachfolgend einfließen lassen.

Bild : Buchtitel des "The American Pirate's Own Book" von John B. Perry,
einer Fallsammlung von Piratenprozessen.
Hieraus haben wir im Folgenden zwei Illustrationen entliehen.

Zitat aus : NY American For the Country 1839-1843
dort übernommen:
From the Journal of Commerce

U.S.Circuit Court - May 1.
Praesidierende Richter Thompson und Betts

Cornelius Wilhelms und **Joseph Ver Brüggen** standen vor Gericht wegen des Mordes an **Arnel F. Turley**, Kapitän der Brigg Braganza, am 5. August 1838 auf hoher See.
Die Gefangenen sind Fremde, die Jury setzt sich zusammen zur einen Hälfte aus Ausländern und zum anderen aus amerikanischen Staatsbürgern.

Befragung des Robert Moore: Im letzten Juli und August war ich zweiter Maat der Brigg Braganza. Sie segelte von Philadelphia am 7. Juli.
Arnel F. Turley war der Kapitän, Thomas Vanderslice war der erste Maat und ich war der zweite Maat.
Da waren vier gestandene Seemänner und ein Junge, der als lernender Seemann fuhr.
Cornelius Wilhelms und Joseph Ver Brüggen, die hier im Gericht anwesenden Gefangenen, waren Teil der Mannschaft. Sie waren bekannt als Bill und Joe.
Ein anderer war bekannt als Harry, der seit Philadelphia unter dem Namen John Adams an Bord war. Ebenso an Bord war ein Mann mit Namen Hans Knudzen und ein Junge, der Jim gerufen wurde. Ich kannte nicht seinen genauen Namen.
Dieser befindet sich nun im Gericht unter dem Namen James Davy.
Es gab einen farbigen Mann namens Thomas Brown.
Diese neun Männer bildeten die Offiziere und Besatzung.
Mr. Diehl, der Besitzer der Brigg, und Mrs. Diehl sowie des Kapitäns Ehefrau waren Passagiere.
In der Samstagnacht am 5. August verließ ich das Deck eine Viertelstunde nach 12 Uhr und der Obermaat Vanderslice übernahm die Aufsicht.

Ich kann nicht genau sagen, wer an Deck war, aber ich weiß, daß es Vanderslices Wache war, und Hans und Joe gehörten zu seiner Wache und Adams und Wilhelms gehörten zu meiner Wache.
Ich weiß nicht, ob die Seemänner meiner Wache an Deck blieben.
Der älteste der Gefangenen ist Wilhelms und der andere ist Joe Ver Brüggen. Als ich das Deck verließ zog ich mich zurück in meine Koje in den Unteroffiziersräumen der Mannschaftsunterkünfte.
Der Kapitän und seine Frau waren zu Bett in den Steuerbordkajüten und der Besitzer und seine Ehefrau in den Backbordkajüten.
Die Unterkunft in der ich schlief war weiter vorne gelegen als die Kojen in der Kajüte. Ich schlief ein bis etwa um 2:00 Uhr morgens, als ich durch einen Todesschrei an Deck geweckt wurde.

Bild : Ausschnitt Graphisches Blatt Emden 1838 Emder Zeitung.

Ich glaube der Schrei stammte von dem Obermaat, und ich glaube es immer noch. Ich hörte den Schrei zweimal wiederholt nachdem ich erwachte, und dann hörte ich ein Poltern. Ich sprang aus dem Bett und ging in die Kajüte, dort fand ich den Kapitän und Mr. Diehl bereits eingetroffen.
Ich ging direkt an Deck, der Kapitän ging mir voraus, er war nicht bewaffnet soweit ich weiß.
Ich stand am Fuß der Treppe, und er war oben. Das Deck erreichend sah ich eine Person an Deck liegend mit dem Kopf in den Niedergang hängend.
Es war eine helle Nacht, aber die Person war so blutbeschmiert, daß ich sie nicht erkannte bis sie mich ansprach, und da sah ich, daß es Vanderslice war.
Als ich eintraf war die gesamte Crew an Deck.
Als ich an Deck kam fand ich Joe Ver Brüggen im Kampf mit dem Kapitän, die Männer meiner Wache, Bill und Adams waren zu diesem Zeitpunkt nicht in den Kampf verwickelt. Aber kurz danach änderte sich das.
Ich sah Joe mit einem Pumpenschwengel in der Hand und Wilhelms hatte ein Bordmesser in der Hand. Hans oder Adams waren unbewaffnet.
Ich ergriff ein in der Nähe liegendes Holz, um mich zu verteidigen und sah Joe im Handgemenge mit dem Kapitän, ich schlug nach ihm und schlug, so glaube ich, ebenso nach Hans, der im Begriff war mich festzuhalten.
Dann kämpften wir miteinander und er brachte mich zu Fall und als ich lag schlug Joe (Ver Brüggen) mich mit seinem Holz und Harry (Adams) versuchte mich zu stechen. Dabei verletzte er einige seiner eigenen Finger.
Während die anderen mit mir beschäftigt waren, kämpften die anderen beiden Gefangenen gegen den Kapitän, dieser rannte in die Kajüte um einige Waffen für seine eigene Verteidigung zu besorgen.

Illustration aus "The Pirate's Own Book" von 1844

Unterdessen öffneten Williams und Adams die Gangway, die einen Durchgang in der Bordwand freimachte, sodaß eine Person leicht über Bord geschmissen werden konnte.
Hans und ich waren noch im Kampf, und zwei von ihnen, Wilhelms und Adams, ergriffen mich und versuchten mich in die See zu schmeißen, und im Handgemenge gingen Hans und ich zusammen über Bord.
Keiner von uns fiel in das Wasser, sondern wir beide erwischten das Geitau und konnten an Bord zurückkehren.
Einige der Crew warfen Hans ein Seil zu und Joe (Ver Brüggen), der mich am Haltetau sah, nahm einen Dorn und schlug nach mir, um mir die Arme zu brechen.
In dieser Zeit war der Kapitän zurück an Deck gekommen, mit einem Entermesser bewaffnet. Das sah Ver Brüggen und er verließ mich.
So gelangte ich sehr erschöpft zurück an Deck, schwer verwundet, und ich kroch zur Kajüte. Hier sah ich Vanderslice liegen am Boden der Treppe.

Murder of Captain Turley and Mr. Vanderslice.

Illustration aus "The Pirate's Own Book" von 1844

Als ich hinunterkroch sah ich den Kapitän niedergehalten an Deck von den zwei Gefangenen, die er um Gnade anflehte. Er sagte: „Verschont mich um meines armen Weibes willen, und ich werde euch alles, was ihr getan habt vergeben ! "
Nachdem ich in die Kajüte gelangte, rissen Sie den Niedergang ein, dieses verhinderte, daß jemand an Deck kam, um dem Kapitän zu helfen.

Ich hörte den Kapitän noch zwei oder drei Minuten um Gnade flehen, dann war es still.
Danach hörte ich etwas auf Deck fallen und das Geschrei hörte auf.
Und nach ein paar Minuten hörte ich ein Klatschen im Wasser und ich hörte einen Schrei des Kapitäns, der in der See trieb, und er sagte: „Oh mein Gott ich sterbe ! "

Bild : Ausschnitt Graphisches Blatt Emden 1838 Emder Zeitung.

Die Brigg machte nicht mehr als zwei Knoten die Stunde.
Ich sah den Kapitän im Wasser aus dem Kajütenfenster und ich sah ihn nach achtern abfallen.
Durch das Fenster schauend sah ich, wie er versuchte zu schwimmen, und ich hörte ihn mehrmals diese Worte wiederholen und das war das letzte, was ich von ihm hörte.
Das Schiff war weit weg von ihm als er sank.
Wir waren gefangen in der Kajüte und ich kam bis zum siebten Tag danach nicht mehr an Deck.
Wir redeten jeden Tag mit der Crew durch das Kajütenfenster, und als wir an Deck kamen, fanden wir Wilhelms als Kommandanten des Schiffes.

In unseren Gesprächen während der Gefangenschaft erzählten sie uns, daß sie uns aus dem Weg räumen müßten, um ihre eigene Entdeckung zu verhindern.
Als sie mit uns hierüber sprachen, fragen Sie uns nach einigen Gerätschaften in der Kajüte, welche wir uns weigerten ihnen auszuhändigen bevor wir wüßten, was sie mit uns täten.
Sie weihten uns in unser Schicksal nicht ein, bis ein paar Stunden bevor wir das Schiff verließen.
Schon einige Stunden nachdem sie den Kapitän getötet hatten, änderten sie den Kurs des Schiffes, und nach einigen Tagen erzählten sie uns, daß sie durch den britischen Kanal gingen.
Bereits drei Tage bevor sie dieses zuließen, begehrten wir an Deck zu kommen, aber sie lehnten ab, ohne uns Gründe dafür zu nennen.
Während der Verhandlungen forderten sie uns auf, die Feuerwaffen auszuhändigen, die in der Kajüte waren. Und weil hier keine Munition war, stimmten wir zu, sie über Bord zu schmeißen, das taten wir durch das Kajütenfenster.
Ebenso verlangten sie, einige der nautischen Instrumente und Geld hinauszugeben, und drohten, wenn wir nicht so täten, uns von Licht und Luft abzuschneiden. Und sie legten ein Brett über das Deckfenster am ersten Morgen um uns zu verdunkeln.
Am Morgen des zweiten Tages sagten sie, wir hätten ihnen nicht alle Wertgegenstände ausgehändigt, und wenn wir uns nicht fügten, fänden sie einen Weg uns zu zwingen.
Am selben Morgen versuchten sie uns zu ersticken indem sie etwas in der Nähe des Oberlichtes der Kajüte abbrannten.
Ich rief sie an und versprach ihnen, daß, wenn sie den Rauch entfernen würden, ich nachsehen würde, ob noch Wertgegenstände in der Kajüte wären, und würde sie ihnen geben wenn sie das Feuer löschten.
Als wir aus der Kajüte herauskamen, waren Mr. und Mrs. Diehl die ersten Personen, die an Deck gingen.
An diesem Morgen sagten sie uns, es wäre ein Segel zu sehen aus den Wanten, und wenn wir unser Leben retten wollten, wäre das die richtige Zeit, und sie sagten sie gäben uns die kleine Jolle.
Innerhalb von 3 Stunden nachdem sie dieses sagten wurden wir an Deck gelassen.
Joe war am Steuerrad und die anderen vier Männer standen am Niedergang.
Jeder von ihnen, den Jungen ausgenommen, hatte entweder ein Messer oder ein Beil in der Hand.
Wilhelms gab sich selbst als Kapitän aus und Adams als erster Maat.
Nachdem wir an Deck kamen fragten wir nach dem Langboot, welches sie uns zunächst verweigerten, uns aber danach zugestanden. Und sie erlaubten dem Koch und Mr. & Mrs. Diehl und Mrs. Turley und mir hiermit davonzusegeln.

Wir verließen den Steuermann, der an seiner schweren Verwundung litt, und zu schwach war, um mitzukommen.

Bild : Ausschnitt Graphisches Blatt Emden 1838 Emder Zeitung.

Wir verließen die Brigg um 2:00 Uhr nachmittags, und diese steuerte Nord-Nord-Ost, wir steuerten Süd-Süd-Ost, und wurden aufgenommen am nächsten Tag von einer Brigg, die nach Greenock in Schottland bestimmt war.

Ich kam hier an am 26. Oktober und sah die Gefangenen nicht, seit ich das Schiff verließ bis zu diesem Morgen.

Bild : Ausschnitt Graphisches Blatt Emden 1838 Emder Zeitung.

Mr. Diehl, der Besitzer der Braganza, wurde als nächster verhört und gab im Wesentlichen dieselben Angaben der Geschehnisse wie der letzte Zeuge.
Mr. Diehl fand Teile seines Eigentums, das die Meuterer ihm entwendeten, im Besitz des US Marschalls dieser Stadt, dem sie zugesandt waren von den Behörden, bei denen die Gefangenen arrestiert waren.

Vernehmung des James Davy:

Ich bin ein Engländer, 18 Jahre alt.
Ich fuhr als Schiffsjunge an Bord der Braganza ab Philadelphia am 4. oder 8. Juli, ich bin nicht dessen sicher. Ich war an Bord seit sie Philadelphia verließ, und wir waren etwa 30 Tage auf See, als die Meuterei begann. In der Nacht als die Meuterei begann war ich am Steuerrad von 12:00 Uhr bis 2:00 Uhr nachts, als es von John Ver Brüggen übernommen wurde.

Dann ging ich nach vorne und legte mich hinter einen Hühnerstall, um zu schlafen, denn es war schönes Wetter.
Ich wurde aus dem Schlaf gerissen von einer Person die schrie, und ich glaube es war der Steuermann, und als ich mich umsah, da sah ich ein Handgemenge, aber ich kann nicht genau sagen, wer auf welcher Seite stand.
Aber ich sah Adams und Ver Brüggen gegen den zweiten Maat kämpfen und die beiden anderen gegen den Kapitän.
Den Steuermann sah ich nicht.
Dann ging die Gangway über Bord und ich sah Ver Brüggen und den zweiten Maat, und Joe Adams hatte einen Knüppel, und er schlug nach dem zweiten Maat um zu verhindern, daß er an Bord käme.
Dann hielt er inne und hatte Mühe selbst wieder an Bord zu kommen.
Joseph Ver Brüggen und Wilhelms warfen dann den Kapitän nieder und Ver Brüggen kniete auf seinem Hals, während Wilhelms ging, um die Vorderdeckskabinen zu verschließen.
Ich stand zu dieser Zeit am Hühnerverschlag und schrie, und Cornelius Wilhelms kam und befahl mir, auf den Steward aufzupassen, und ihn nicht ausbrechen zu lassen. Ich hörte nicht auf zu weinen und er trat mich.
Joseph Ver Brüggen, Cornelius Wilhelms und Adams waren die drei, die ich den Kapitän überbordwerfen sah.
Unterdessen war der zweite Maat wieder an Deck gekommen.
Als der Kapitän überbord geworfen wurde hielt er sich erneut an den Ketten fest als sie darangingen den Niedergang zu sichern.
Während sie das taten war der Kapitän über die Brüstung geklettert und kam an Deck, er brach zusammen. Als der Kapitän an Deck niederfiel nahm Willems einen Stock und schlug ihm zwei- oder dreimal damit auf den Kopf, und Wilhelms und Adams warfen ihn dann über Bord, und er konnte sich wieder an der Kette festhalten, aber er war zu schwach, um nach oben zu klettern, und er bat sie ihn hochzuziehen, und sagte, er würde des Vergangenen nicht gedenken.
Dann ging Wilhelms nach vorne und nahm die Axt des Kochs und schlug nach der Stelle, von wo er des Kapitäns Stimme hörte, aber ich konnte den Kapitän nicht sehen von dort, wo ich stand.
Einige Personen schmissen auch Hölzer nach ihm, aber ich bin nicht sicher, wer es war.

Dann hörte ich den Kapitän schreien: „Oh Mary, liebe Mary, ich sterbe!“ , und dann sah ich nichts mehr von ihm.
Die Crew holte dann die Achtersegel hinunter und legte sie über das Oberlicht der Kajüte. Wilhelms befahl mir die Topsegel einzuholen, das tat ich.
Danach handelte Cornelius Wilhelms als Kapitän und Hans als Maat.
Einmal gab mir der eine Befehle, ein andermal der andere.

Am Morgen, als wir beim Frühstück saßen, erzählte Cornelius Wilhelms wie er den Kapitän mit dem Stiel der Axt schlug, als er sich an den Ketten festhielt, um nicht in die See zu fallen.
Ver Brüggen erzählte, wie er zuerst den Steuermann mit einer Machete schlug, und als der Kapitän die Treppe hochkam, er diesen mit einer Machete schlug.
Aber der Kapitän wich dem Schlag aus, kehrte in die Kajüte zurück und holte seinen Säbel und kam zurück und schlug Ver Brüggen auf den Arm und verletzte ihn so, daß er die Machete verlor.
Als das Langboot das Schiff verlassen hatte, schmissen die Meuterer den Steuermann über Bord obwohl er noch am Leben war.
John Adams, einer der Meuterer, erhängte sich selbst im Gefängnis in Emden am zweiten Tag nach seiner Verhaftung.

Nachdem die Meuterer die Leute in dem Langboot ausgesetzt hatten steuerten sie den Englischen Kanal an und setzten ihren Kurs fort, bis sie eine kleine Insel in der Nähe von Hannover erreichten, dort fuhren sie das Schiff auf Grund und verließen es und gingen nach Emden im Königreich Hannover, wo der Bericht über die Piraterie bereits mit den englischen Zeitungen eingetroffen war, sodaß die Gefangenen verhaftet wurden und hierher zur Aburteilung gebracht wurden.

Thomas Brown, ein farbiger Mann, der Koch an Bord der Braganza war, wurde als nächstes verhört, aber seine Aussage trug nichts Zusätzliches bei zu dem, was bereits gesagt war.

Hans Knudzen,
der ebenfalls für die gleichen Vergehen angeklagt war, wurde in das Gericht gebracht um auszusagen zugunsten der Gefangenen, aber er lehnte dieses ab.

Keine weiteren Zeugenaussagen wurden beigebracht, und der Fall wurde um 1:00 Uhr am Morgen an die Jury abgegeben, und sie sprachen das Urteil auf **SCHULDIG** aus.

U.S.Circuit Court-May 2.
Praesidierende Richter Thompson und Betts :

Hans Knudzen stand vor Gericht wegen des Mordes an Arnel F. Turley, Kapitän der Braganza, auf hoher See am 5. August letzten Jahres.

Die Zeugenaussagen, die für diesen Prozess beigebracht wurden, waren genau dieselben, die zur Verhandlung der zwei anderen Gefangenen vorgebracht waren, worüber wir gestern berichteten, mit der Ausnahme, daß Hans Knudsen nicht aktiv teilgenommen hatte an dem Mord an dem Kapitän oder dem Steuermann, und vermutlich mit den Piraten nur aus Angst oder Zwang koalierte.
Die Jury sprach das Urteil **NICHT SCHULDIG** aus.

- eigene Übersetzung -

Uns liegen weitere Zusatzinformationen vor : unter anderem sollen die Meuterer versucht haben die in der Kajüte eingesperrten Personen über das Wasser und die Lebensmittel zu vergiften.

Warum ist die Situation in der Nacht des fünften August 1838 in diesem Maße eskaliert ?

Bild : eine Brigg, Quelle : eigene Postkartensammlung

Auf Wache einzuschlafen kann nicht geduldet werden und ist darüberhinaus sowohl für das Schiff als auch für die Besatzung sehr gefährlich.
Der erste Steuermann Vanderslice übergoß den eingeschlafenen Jungmatrosen Knudsen mit einem Eimer Wasser und schlug danach so hart mit einem Tauende auf den jungen Mann ein, daß sich der Belgier Ver Brüggen einmischte.
So begann die Meuterei, die von Anfang an mit äußerster Gewalt geführt wurde.
Man fragt sich, ob diese Brutalität wirklich so normal unter Seeleuten auf einem Handelsschiff ist ?
Oder haben diese Männer : Wilhelms, Adams, Ver Brüggen, eine Vergangenheit, die dieses Verhalten erklären kann ?
Die haben Sie !
Und wir können viele Zusammenhänge mit den nächsten Seiten klären.

Zunächst aber beenden wir den Bericht aus dem New Yorker Gefängnis.
Sowohl Wilhelms als auch Ver Brüggen waren des Mordes an Kapitän Turley als **Schuldig** gesprochen worden.
Knudsen war des Mordes am Kapitän freigesprochen.
Davies war des Mordes nicht angeklagt.
Adams hatte sich bereits in Emden erhängt.
Wie nehmen die Gefangenen die Urteile auf ?

Im Stadtgefängnis von New York ereignet sich jetzt ein **Drama** :

Zitat : Aus dem Albany Evening Journal
1839 - 0429 Tuesday Evening, May 7, 1839
(From the Journal of Commerce)

Selbstmord zweier der Braganza-Piraten

Joseph Ver Bruggen, der am letzten Mittwoch wegen des Mordes an Kapitän Turley der Brigg Braganza verurteilt wurde, und James Davys, ein anderes Crewmitglied, das in der Verhandlung aussagte, haben beide Selbstmord begangen.
Am Freitagabend besuchte Mr. Coggeshall, der Seelsorger des Gefängnisses, Ver Bruggens Zelle und machte eindringliche Ausführungen bezüglich dessen notwendigen Vorbereitungen auf seinen Tod, der so nahe und unausweichlich sei. Ver Bruggen beantwortete Mr. Coggeshalls freundliche und christliche Bemühungen mit Verdrossenheit und erwiderte, daß er "niemals den Tod fürchtete und auch nicht mit einem Priester belästigt werden wollte."
Mr. Coggleshall verließ ihn und kurz darauf war er erfüllt mit einer Ausgeglichenheit, die bei Personen in seiner Situation bisher nicht gesehen war, und wurde für die Nacht alleingelassen.
In derselben Nacht kontaktierte ihn ein Mitgefangener namens Ezra White, inhaftiert wegen Mordes, als Mitgefangener aus der Nebenzelle durch die Wand, daß Hans Knudson, der gleichfalls derselben Verbrechen wie Ver Bruggen angeklagt war, freigesprochen sei.
Im Zuge der Unterhaltung meinte Ver Bruggen, daß ihm große Ungerechtigkeit widerführe, aber er präzisierte dieses nicht genauer. Er sagte ebenso, daß der junge Davys, der gegen ihn ausgesagt hatte, (und der nun bereits Selbstmord begangen hat) genauso schuldig wie alle anderen sei und auch undankbar ihmgegenüber gehandelt habe.
Wenn er nicht gewesen wäre und ihn beschützt hätte, hätte man ihn wegen eines Streites an Bord der Brigg nach der Inbesitznahme überbord geworfen.
Im Angesicht seines nahenden Todes sagte Ver Bruggen es wäre eine unbedeutende Sache für ihn, aber wenn er an all die guten Leute in Belgien und deren Schande und Elend, welches dieses über sie bringe, dächte, bedrücke ihn dieses und mache ihn wahnsinnig.
Kurz nach der Unterhaltung, um zehn Uhr, hörte White Ver Bruggen sich zurückziehen oder einige Verrichtungen an seiner Bettstatt machen und danach keine weiteren Geräusche in seiner Zelle während der Nacht.
Am Samstagmorgen fand der Pumpenwärter, der für die Wartung der Rohrleitungen durch die Zellen zuständig war, eine Schadstelle nahe der Zelle, in welcher Ver Bruggen eingesperrt war. Er untersuchte die Leitung, bis er zu Ver Bruggens Zelle kam, und beim Öffnen der Türe sah er ihn von seinem Zellenfenster hängen, wo er vermutlich schon seit mehreren Stunden hing, weil er total steif war, und das Leben bereits lange entwichen war.
Für diesen Zweck hatte er das Bettlaken seiner Lagerstatt in Streifen gerissen und zu einem Seile verwoben, dann eine Leiste der Pritsche genommen und daraus, wie Seeleute sagen, einen Knebel gemacht und das Seil damit aufgedreht, danach durch das eiserne Fenstergitter gezogen und dann eine Schlinge geformt, um sich darin zu erhängen.

Er zog sich dann vom Boden hoch, legte sich die Schlinge um und beförderte sich in die Ewigkeit.
Seitwärts davon wurde eine weitere zerrissene Schlinge gefunden, die davon zeugt, daß der unglückliche Schuft erst bei seinem zweiten Anlauf in den Tod erfolgreich war.

Ver Bruggen war ein Einwohner Antwerpens, um 30 Jahre alt, von unterdurchschnittlichem Wuchs, gedrungen und doch wohlgestaltet, besitzend eine Haltung von einiger Intelligenz und entschiedener Entschlossenheit. Es werden Ihm einige respektable Verbindungen zugeschrieben, und es heißt, daß sein Schwager ein Colonel im Dienste König Leopolds sei.

Nach einiger Unterredung meinten einige Chirurgen, daß das alte englische Recht in Betreff der Körper der Verurteilten auch auf die Körper der Selbstmörder anzuwenden sei, insbesondere auch auf den Corpus des Ver Bruggen, um ihn zu sezieren. Aber der Untersuchungsrichter meinte, daß es keine rechtliche Handhabe gäbe ihnen den Körper auszuhändigen, und lehnte dieses mit der Begründung hinsichtlich der unschuldigen Angehörigen ab, und so wurde der Körper auf Potters Feld bestattet.

Selbstmord des James Davys

James Davys, ein Jüngling von etwa achtzehn Jahren, war einer der Besatzung der Braganza, und nach eigener Aussage nicht an den Morden oder der Piraterie beteiligt, aber nach diesen Geschehen an der Führung des Schiffes beteiligt.
Bei der Verhandlung des Ver Bruggen sagte er als Zeuge aus, und seine Zeugenaussage war vermutlich die entscheidende in der Verurteilung der Mörder.
Weil es unabwendbar war ihn in Gewahrsam zu behalten bis die verschiedenen Gerichtsverhandlungen getätigt waren, war er im Schuldgefängnis untergebracht in einer Zelle zusammen mit einem Schuldner namens Samuel Butler.
Am Samstagabend zwischen sieben und acht Uhr ging Butler zu seiner Zelle, und fand sie von innen verriegelt, und klopfte ohne eine Antwort zu erhalten. Butler wußte Davys darinnen, und die morgendliche Horrorscene erinnernd ahnte er sofort etwas Schlimmes und brach die Tür auf und sah Davys buchstäblich in seinem Blut liegend.
Sofortige medizinische Hilfe wurde geleistet, und bei der Untersuchung zeigte sich, daß er die Arterien beider Arme durchtrennt und zusätzlich seinen Hals mit Butlers Rasiermesser durchschnitten hatte.
Er hatte so viel Blut verloren und war so ermattet bevor er aufgefunden wurde, daß es entschieden war, daß keine menschliche Hilfe sein Leben retten könnte.
Er wurde seines drohenden Endes ermahnt, und er antwortete, daß er nicht länger leben wolle.

Somit wurde er befragt, ob er wirklich die Wahrheit über Knudson gesagt hätte, der bezüglich des Mordes freigesprochen war und zusätzlich der Piraterie angeklagt war. Davys bekräftigte seine Aussage. Hiernach wurde er in Sachen der Wahrheit seiner Aussagen in Bezug auf die übrigen Angeklagten befragt, aber seine Stimme versagte, und kurz danach verschied er.
Der Untersuchungsrichter hielt eine Andacht am Leichnam zu der späten Stunde des Samstages und die Geschworenen erklärten einen Selbstmord. Davys war ein Einwohner von Barthables in Devonshire, England.
So sind drei der Personen, die an den Morden und der Piraterie an Bord der Braganza beteiligt waren bereits durch eigene Hand ums Leben gekommen.
John Adams erhängte sich selbst im Emder Gefängnis. Ver Bruggen erhängte sich in der Freitagnacht oder am Samstagmorgen in den Hallen der Justiz, und Davys tötete sich selbst am Abend desselben Tages im besagten Gefängnis.

- eigene Übersetzung -

Uns hat der Selbstmord des Schiffsjungen, der als ängstlicher Knabe beschrieben wurde, sehr überrascht.
Er hatte eine weitere Verurteilung nicht mehr zu befürchten, und wartete auf seine Freilassung aus dem Schuldgefängnis, in dem er als Kronzeuge auf seine Begnadigung durch den US-Präsidenten Martin van Buren hoffen durfte.

Wir erbaten uns Auskunft vom Leiter des Rechtsmedizinischen Institutes der Universität Göttingen, Professor Dr. Grellner, ob das geschilderte Verletzungsmuster zu einem Suizid passen könnte.
Weil weitere Angaben, wie etwa die genauere Beschreibung der Wunden, nicht verfügbar sind, konnte ein Selbstmord von seiner Seite nicht in Zweifel gezogen werden.

Trotzdem hegen wir persönlich Zweifel :
Wenn James Davies durch seinen Tod nicht mehr gegen Wilhelms aussagen konnte, so würde das dessen Position vor Gericht verbessert haben.
James Davies saß im Schuldgefängnis, und Wilhelms hatte Geld zur Verfügung.
Dazu werden wir Wilhelms später noch als äußerst gefährlich kennenlernen.

Es bleibt pure Spekulation, aber ***wir*** können uns vorstellen,
daß James Davies sich nicht selbst tötete.

Nach diesem Ereignis leben nur noch zwei der fünf damals auf Borkum gestrandeten Meuterer : **Hans Knudsen** und **Cornelius Wilhelms**.
Cornelius Wilhelms war des Mordes an Kapitän Turley **Schuldig** gesprochen worden und erwartete nun die Verkündigung der Bestrafung.
Hans Knudsen war am Morde **Nicht Schuldig**.

Das Urteil an Wilhelms lautete wie folgt :

Zitat : Aus der New York NY Evening Post,
Saturday Evening, May 18. 1839

United States Circuit Court - gestern
verhandelt vor den Richtern Thompson und Betts
Urteilsspruch über den Piraten Wilhelms

Bei Eröffnung der Gerichtsverhandlung am gestrigen Morgen wurde Cornelius Wilhelms, einer der Inhaftierten, der unlängst wegen Mordes an Käpitän A. F. Turley an Bord der Brigg Braganza verurteilt wurde, vor die Schranken des Gerichtes gebracht, um sein Todesurteil zu erfahren.
Nach der üblichen Zeremonie der Aufstellung des Gefangenen erteilte Richter Thompson den Schuldspruch wie folgt :
Cornelius Wilhelms, Sie sind angeklagt des Mordes durch Tötung des Kapitäns der Brigg Braganza, dem Sie als ein Seemann unterstellt waren. Dieses ist ein Verbrechen, nach dem Sie nach den Gesetzen der Vereinigten Staaten ihr Leben verwirkt haben.
Für dieses Vergehen wurden Sie vor einem Geschworenengericht Ihrer eigenen Wahl verurteilt.
Nach den Gesetzten des Rechtes der Vereinigten Staaten gibt es keinerlei Ungleichbehandlung von Angeklagten eines Kapitalverbrechens.
Diese Geschworenen, nach vollständiger und ruhiger Anhörung, haben Sie nach der Schwere Ihres Verbrechens, für das Sie hier stehen, verurteilt.
Und dieses Urteil ist durch die klarsten und unwiderlegbarsten Beweise untermauert.
Und dieser Mord wurde unter solch schweren und erschreckenden Umständen verübt, daß es keine Hoffnung auf Begnadigung seitens des Präsidenten der Vereinigten Staaten hinsichtlich der Aburteilung des Gerichtes in Ihrem Falle geben kann.
Wenn Sie diesbezüglich Hoffnungen hegten, so lassen Sie diese fahren und seien Sie gewahr, daß Ihr Schicksal hiermit besiegelt und unausweichlich ist.

Bild : **Richter Smith - Thompson** (1768 - 1843),
von H. Nickoleit nach historischen Vorlagen

Es ist ein erschwerender Umstand, daß Sie während der gesamten Verhandlung so gleichgültig und gefühllos ihrer Lage gegenüber waren.
Es war kaum zu erwarten, daß Sie dermaßen verhärtet sind, daß Sie nicht die schweren Anschuldigungen, die gegen Sie betreffs des entsetzlichen Mordes erhoben wurden, ungezwungen weder entschuldigten oder abschwächten. Ebenso nicht bezüglich Ihres gemeinen Vorgehens in Bezug auf die Weiterfahrt mit dem Schiffe samt Ladung.

Und wenn schon nicht die Schreie und das Jammern der Kapitänsfrau, deren Mann Sie mordeten, Sie hindern konnte die blutige Tat zu begehen, dann ist es vergebliche Hoffnung, daß jemals ein Mensch Sie zur Besinnung Ihrer Verbrechen bringen könnte.

Jede weitere Ermahnung oder Ermutigung seitens des Gerichtes würde ohnehin nur mit geringschätziger Verachtung aufgenommen werden.
Wie auch immer, es kann im Verlaufe dieser schweren Verhandlung nicht sein, daß Sie in die Ewigkeit entlassen werden, um von Ihrem Schöpfer gerichtet zu werden, demgegenüber Ihre Schuld offenbarer und unendlich folgenschwerer sein wird als jedwede menschliche Gerichtsbarkeit urteilen könnte, ohne daß wir Sie anflehen und beschwören innezuhalten und ernsthafte Einkehr in Ihre Lage zu halten in der Bemühung, sich auf den entsetzlichen Moment vorzubereiten, der Sie erwartet.
Alles, was diesem Gerichte nun noch verbleibt, ist den ernsten und endgültigen Urteilsspruch zu verkünden, der da lautet :

Daß Sie in das Gefängnis zurückgebracht werden, aus dem Sie kamen, und darin verbleiben bis zum nächsten 21. Tag im Juni. Und an diesem Tage werden Sie am Vormittag in der Zeit zwischen zehn Uhr und vierzehn Uhr am Nachmittag zum Hinrichtungsplatze überführet, und dort am Halse aufgehängt werden, bis Sie tot sind, und möge der HErr in seiner unendlichen Gnade Mitleid mit Ihrer Seele haben.

Während der Urteilsverkündung, so haben wir Nachricht, stand der Verurteilte gänzlich unbewegt und zeigte dieselbe verbissene und trotzige Haltung, die ihm während der gesamten Verhandlung eigen war.

Hans Knudson, ein weiterer der Piratencrew, welcher gestern wegen Piraterie und Raub verurteilt wurde, war ebenfalls vorgeladen und wurde von Richter Thompson informiert, daß die Geschworenen ihn für eine Begnadigung vorgesehen hätten, sein Urteilsspruch wäre bis auf Weiteres ausgesetzt um eine Eingabe zu ermöglichen, damit gegebenenfalles der Präsident eine Begnadigung ausspräche, welche ihn aus den Händen der Justiz entließe.
Daraufhin wurden die Gefangenen entlassen.

- eigene Übersetzung -

Im Jahre 1839 war Martin van Buren der achte Präsident der Vereinigten Staaten.

Er sprach für Hans Knudsen eine Begnadigung aus.

Bild : **Martin van Buren**, achter Präsident der USA von H. Nickoleit nach historischen Vorlagen

Rochester Republican.

TUESDAY MORNING, JULY 30. 1839

PARDON OF KNUDSON.—Hans Knudson, who was a short time since convicted of piracy committed on board of the brig Braganza, yesterday receivd a full pardon from the President. He is represented to have expressed himself with the most intemperate joy when the news was communicated to him by the United States Marshal. It is his intentionto abandon the sea, and engage in some honest employment upon land.—*N. Y. Eve. Post.*

Zitat : Aus dem Rochester Republican

Tuesday Morning, July 30.-1839

Begnadigung des Knudson.

Hans Knudson, der noch vor kurzer Zeit Strafgefangener wegen der Piraterie an Bord der Brigg Braganza war, erhielt eine vollständige Begnadigung des Präsidenten.
Es wird beschrieben, daß er eine unbändige Freude zeigte, als der US States Marshall ihm die Nachricht überbrachte.
Er beabsichtigt die Seefahrt aufzugeben und sich eine ehrbare Beschäftigung an Land zu suchen.

N.Y. Eve. Post.

- eigene Übersetzung -

Anmerkung :
Richter Smith Thompson war derselbe, der auch den Vorsitz in der Verhandlung des berühmten Falles um das Sklavenschiff 'La Amistad' im US-Staate Connecticut führte.

Dieser spektakuläre Prozeß ist 2001 von Steven Spielberg verfilmt worden.

Richter Samuel Rossiter Betts war ebenfalls ein bekannter Richter der Vereinigten Staaten.

Der Staatsanwalt Benjamin Franklin Buttler war Generalstaatsanwalt der USA.

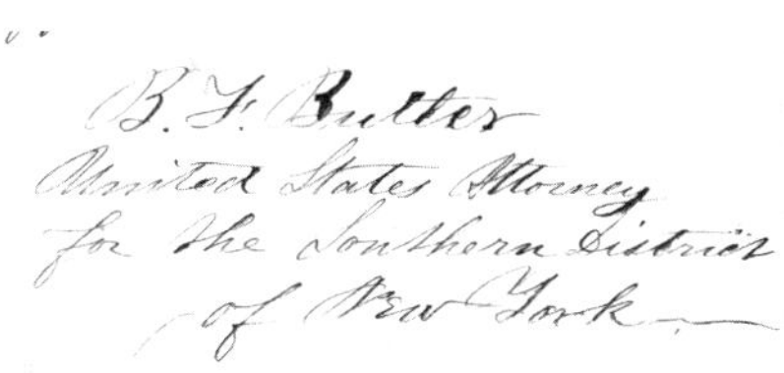

Bild : **B. F. Buttler** (1795 – 1858),
Zeichnung H. Nickoleit nach
historischen Vorlagen

... und seine Unterschrift

5 George Nikolas Diehl

Wie ist es den sechs Gefangenen an Bord der Braganza weiter ergangen?
Wie wir bereits erfahren haben, ist es dem Eigner George Diehl gelungen die Meuterer davon zu überzeugen, ihn und die anderen Überlebenden in dem Langboot freizulassen.
Der erste Steuermann blieb dabei sterbend zurück.
Der Schiffsjunge wollte ebenfalls die Braganza verlassen, wurde aber von den Meuterern daran gehindert.
Nach der Meuterei vergingen fast zehn Tage, bevor man die Gefangenen in ein kleines Boot setzte. Mr. Moore, der zweite Maat, beschreibt, daß sie jeden Tag mit den Meuterern verhandelt hätten.
Durch weitere Aussagen von James Davies wissen wir, daß die Piraten versucht haben, das Wasser und die Lebensmittel in dem Boot zu vergiften.
George Diehl, der deutsche Wurzeln hat, muß Wilhelms schon zuvor gekannt haben. Wie gesagt, er wird alle fünf später genau beschreiben.
George Diehl war wahrscheinlich ein Mann von einer so starken Ausstrahlung, die Wilhelms derart beeindruckte, daß er es nicht wagte, den Eigner, die Frauen und den Rest der Mannschaft zu töten.
Eines war den Meuterern klar : Sie wußten alle, was ihnen droht, wenn Zeugen der Meuterei überleben sollten.
Als Mr. und Mrs. Diehl, der verletzte Robert Moore, die Kapitänsfrau Mrs. Turley und der farbige Koch Thomas Brown ins Beiboot einstiegen, dauerte ihre Gefangenschaft und Todesangst fast zehn Tage.

George Diehl, der Eigner, war in der Vergangenheit Kapitän auf einem Raddampfer gewesen und hatte vom Segeln keinerlei Ahnung. Mr. Moore war schwer verletzt, sodaß die Hauptlast auf den Koch Thomas Brown fiel, das Boot über Wasser zu halten.
Thomas Brown sagte später aus, daß er von der eigentlichen Meuterei wenig mitbekommen habe.
Nachdem das Beiboot ausgesetzt war, segelte die ‚Braganza' in Richtung Norden davon, und die Ausgesetzten hielten Kurs Süden.
Die Freude, daß man die Geiselnahme und Gefangenschaft überlebt hatte, wird zunächst das vorherrschende Gefühl auf dem Langboot gewesen sein.
Die arme Frau Turley trauerte. Auch sie hatte die Rufe und Schreie ihres sterbenden Mannes, von denen alle Prozeßzeugen berichtet haben, gehört.

Ein kleines Boot auf dem offenen Atlantik. Haben die Meuterer darauf spekuliert, daß dieses Unterfangen nicht glücklich endet ?
War das ihr Plan ? Diese Rechnung ging nicht auf : bereits 24 Stunden später wird die Besatzung des Bootes von der Brigg ‚Hebden' unter Kapitän Fowler auf dem Weg nach Greenock gerettet. Am 25. August, also zwei Tage nachdem die Brigg Braganza auf Memmert strandete, traf die Hebden in Greenock, Schottland ein. Sofort wurden Maßnahmen getroffen, um die Meuterer aufzuspüren.

Aber was war G. Diehl für ein Mann, daß er die Meuterer dazu bringen konnte sie nicht zu ermorden, obwohl diese wissen mußten, daß ihr Entkommen dadurch unmöglich wurde ?
George Diehl war deutschstämmig, in Lauterbach, Hessen, geboren. Er konnte also in der Muttersprache mit Wilhelms und Adams verhandeln. Außerdem war G. Diehl selbst ein gestandener Kapitän. Er hatte jahrelang in Amerika Passagierdampfschiffe gefahren.

Wir denken uns Diehl als eine so starke Persönlichkeit, daß er den Mördern einigen Respekt einflößte, und daß er selbst in dieser verzweifelten Lage Bedingungen stellen konnte.

Wie gesagt, wurden die Ausgesetzten dann von dem Schiff ‚Hebden' aufgenommen und nach Greenock gebracht.
Von dort schreibt Diehl später einen Brief über seine Erlebnisse auf der ‚Braganza' an seinen Bruder :

Zitat : Aus: The New York American,
Friday Evening, September 28. 1838

Die Meuterei der Braganza

Der folgende Brief, den wir aus der Philadelphia Gazette kopieren, geschrieben vom Eigner der Braganza, und beschreibend die Meuterei an Bord des Schiffes, die erste Nachricht, die uns aus den Englischen Zeitungen erreicht, wird viele unserer Leser interessieren, wenn wir sagen, daß es kein anderer als Kapitän Diehl ist, der in so hoher Gunst der reisenden Öffentlichkeit stand während seines Kommandos über das Dampfboot Independence, das zwischen New York und South Amboy verkehrte.

Liverpool, den 6. Sept. 1838
Lieber Bruder !
Wir kamen hierher am 30. ultimo aus Greenock.
Ich schrieb Dir als erstem aus Schottland mit einem detaillierten Bericht über den Verlust der Braganza. Dort gab ich Dir eine kurze Stellungnahme.

Ich plane von hier abzureisen am 8. des Monats mit der Algonquin, und hoffe Mitte Oktober bei Dir zu sein.
"Wir setzten unsere Reise nach Genua ohne besondere Vorkommnisse fort bis zum 5. August, als (...)

(**Anmerkung:** hier folgt eine erneute Schilderung der Nacht der Meuterei, die uns nach dem Prozeß in New York hinreichend bekannt ist. Diese drucken wir nicht erneut. Interessant zum Verständnis der Person Diehl ist aber das Folgende :)

(...) Am 11. forderten sie eine Unterredung an der Heckreling mit mir und boten mir an, das Schiff in der Jolle zu verlassen, um ein Segel zu erreichen, das sie aus dem Mastkorb gesichtet hätten.
Ich erwiderte, daß erstens ich nicht glaubte, daß sie ein Segel gesichtet hätten, und zweitens daß die Jolle uns keine zehn Minuten tragen würde.
„Nach einigen Minuten gemeinsamer Unterredung forderten sie Frau Diehl und mich auf an Deck zu kommen, und wir willigten ein, erwägend, daß die Dinge nicht viel schlechter kommen könnten. Auf Deck ankommend standen sie alle am Niedergang mit Messern in der Hand, versuchten aber nicht uns anzugreifen, obwohl sie zuvor wohl erkannt hatten, daß es nötig wäre uns zu beseitigen, um sich selbst zu retten.
Nachdem wir über eine Stunde an Deck waren schlugen sie vor, daß wir das Langboot nähmen um die Brigg zu verlassen, (das sie zuvor schon für sich selbst ausgerüstet hatten), und dem wir zustimmten, und um etwa drei Uhr verließen der zweite Maat, Mrs. Turley, Mrs. Diehl , ich selbst und der Koch (der bis dahin im Vorderschiff eingesperrt war) die Brigg auf Position laut der Meuterer 41 Grad Nord, 17 Grad West, 350 Meilen vom Lande entfernt.
Zuvor hatten wir darum gebeten den ersten Maat mitnehmen zu dürfen, obwohl er in einer entsetzlichen Verfassung war, aber das wiesen sie zurück und sagten, daß sie sich selbst um ihn kümmern würden.
Nach Verlassen der Brigg steuerten wir die portugiesische Küste an den ganzen Tag und die ganze Nacht.
Bei Tageslicht sahen wir zwei Schiffe und verfolgten eines davon bis 10 Uhr, konnten es aber nicht einholen, und gaben auf. Dann sahen wir ein anderes Schiff, das auf uns zu hielt und ruderten darauf zu, und um 3 Uhr nachmittags sah es uns und steuerte uns an. Und um Halb Vier Uhr des Tages gelangten wir an Bord der Brigg Hebden unter Kapitän Fowler von Scarborough, England, bestimmt von Sizilien nach Greenock, wo wir am 25. ultimo ankamen.
Der amerikanische Konsul in Greenock bot uns keinerlei Hilfe an, und wäre nicht die freizügige Hilfe von Kapitän Fowler gewesen, wer weiß, zu welchen Entbehrungen wir gezwungen worden wären, mit nur dem Hemd am Leibe und ohne Geld. **George N. Diehl**

- eigene Übersetzung -

Wider Erwarten wurde den Ausgesetzten wenig Hilfe durch das eigene amerikanische Konsulat in Greenock zuteil.
Darüber wird in einem Zeitungsartikel berichtet :

Zitat : Aus : Old Fulton NY Post Cards By Tom Tyrinski, Sag Harbor NY Corrector 1837 - 1838

Der Fall des Mr. Diehl und des Konsuls in Greenock

Als wir vor ein paar Tagen die Rückkehr von Mr. Diehl berichteten, des Eigners der unglückseligen Brigg Braganza, äußerten wir den Wunsch zu erfahren, welche Gründe es für die Berichte gäbe, daß der Amerikanische Konsul in Greenock sich weigerte Mr. Diehl und Mrs. Turley nach ihrer Anlandung nach der Piraterie zu unterstützen.
Gestern erfuhren wir, daß Mr. Diehl mit seiner Gattin und Mrs. Turley, die auf See aufgenommen wurden von Kapitän W. B. Fowler aus Scarborough, England, mit aller Höflichkeit während ihrer Weiterreise nach Greenock von ebendiesem Kapitän behandelt wurden.
Bei seiner Ankunft eilte Mr. Diehl zum Vize-Konsul Mr. James Little, der ihm erzählte, daß der Konsul Mr. A. Thompson in Glasgow weile, aber tatsächlich sich nur zwei Meilen von Greenock entfernt aufhielt, wohin sich Mr. D. daraufhin begab und seine Situation schilderte.
Mr. Thompson unterrichtete ihn, daß eine gewöhnliche Beschwerde auch vor dem Vize-Konsul erhoben werden könne, bot aber keine weitere Hilfe an, obwohl er wußte, daß Mr. D. und die Damen mittellos waren.
Mr. Diehl stellte seine Schreiben aus, **aber es wurden Zweifel an ihrer Echtheit erhoben.**

Mr. Diehl kehrte nach Greenock zurück und fand hier seine Beschwerden durch Mr. James Little ausgeführt, **der das Langboot, mit welchem Mr. und Mrs. Diehl nebst Mrs. Turley hier angekommen waren für fünf Pfund verkauft hatte. Mr. Little hatte fünf Pfund, acht Shilling und acht Pence an Gebühren für die Papiere gefordert, und hatte die fünf Pfund für das verkaufte Boot eingestrichen.**

Mr. Diehl ging zu Kapitän Fowler, wo die Damen zur Unterkunft genötigt waren, weil eben keine Mittel für ein Hotel erübrigt werden konnten, und borgte von dem englischen Kapitän zwanzig Pfund, ging zu dem Vize-Konsul, bezahlte für die Papiere, deren Ausführung sich um einige Tage verzögert hatte, und eilte dann mitsamt seiner Gattin und Mrs. T. nach Liverpool,
wo er sich Mittel zu verschaffen wußte um Kapitän Fowler rückzuzahlen, der den Dank jedes Amerikaners verdient für seine Gastfreundschaft für Amerikaner in Not.

Wir legen diese Angelegenheit in die Hände derer, die es besser als wir beurteilen können, welches die Pflichten eines Konsules sind.
Es scheint uns, daß, wenn der Konsul und der Vize-Konsul, wie oben erwähnt, alle ihre Pflichten ihrer Bestellung nach in Bezug auf die unglücklichen Personen, die von der Braganza gerettet wurden, erfüllten, dann wäre es Zeit hier einige neue Pflichten einzuführen, um nicht weitere brave Amerikaner an gewerbsmäßigen Orten, an denen Amerikanische Konsuln sich niederließen, sich der Gnade von Fremden und deren Nationen ausgesetzt zu sehen.
- U.U.Guz. -

- eigene Übersetzung -

Bild : eine Brigg, Quelle : eigene Postkartensammlung

Wirtschaftlich war die Piraterie an der Braganza für den Eigner Diehl eine Katastrophe, weil die Versicherungen sich weigerten für Schiff und Ladung aufzukommen.
Wir haben eine Korrespondenz aus Genua gefunden.
Genua gehörte zu dieser Zeit zu Frankreich, darum war der Brief auf Französisch verfasst :

Kopie
Monsieur Biel
Norden

Genua, den 29. Sept. 1838

Als Antwort auf Ihre geehrte Anfrage vom 12. des Vormonats,
die uns gestern erreicht hat, müssen wir Sie darauf vorbereiten, daß wir bereits darüber informiert sind, daß unsere Freunde aus London, die die Versicherung der Fracht der Braganza vorgenommen haben, die Versicherungsleistung ausgesetzt haben,
und auf unsere Aufforderung hin haben sie die Duplikate der Frachtbriefe an Ihre Adresse geschickt mit der Erlaubnis alles Erforderliche zum Wohle der Beteiligten zu unternehmen.
Unter diesen Umständen erachten wir es als völlig unnötig, daß wir Ihnen von hier aus die angeforderten Dokumente zuschicken, nur müssen wir noch hinzufügen, daß wir in der ganzen Angelegenheit alle Anweisungen, die Sie noch vom Ausschuß der Lloyds oder anderer Versicherungen erhalten könnten, die Anteil an der besagten Fracht haben könnten, gutheißen.
Nehmen Sie, mein Herr, die Zusicherung unserer vollsten Hochachtung entgegen.

Grants Balfour

Darunter ein Nachtrag bzw.
eine Aktennotiz :
....
... Genua und Zürich 3, Oct, ...
.... (Rest unleserlich)

- eigene Übersetzung -

Quelle : Staatsarchiv Aurich

6 Cornelius Wilhelms

Cornelius Tunis Wilhelms war ein Mann von guter Herkunft.
In New York in der Todeszelle sitzend schreibt er sein Leben als Vermächtnis für die Nachwelt auf.
Ein amerikanischer Reporter begleitete ihn dabei bis zum Tode.
Nach der Hinrichtung von Wilhelms werden diese Briefe zusammen mit Kommentaren in einem Sonderdruck 1839 in der New Yorker Zeitung **‚THE SUN'** veröffentlicht.

Es ist die Geschichte eines ungewöhnlichen Lebens. Wir werden in eine Zeit mitgenommen werden, eine Welt, die uns fremd ist und doch fasziniert.
Über viele Monate haben wir uns mit diesem Artikel auseinandergesetzt, wir haben in viele Richtungen recherchiert, vieles haben wir aus dieser Zeit gelernt und gelesen.
Die Originalbriefe waren auf Deutsch verfasst. Diese waren leider nicht auffindbar.
Unsere Aufgabe war es, den englischen Text in das Deutsche zurückzuübersetzen.

Vieles aus seinem Leben ist heute durch das Internet aufklärbar, und wir haben diese Geschichten in unser Buch einfließen lassen.

Um sich noch besser in Wilhelms hineinzudenken, ist Peter nach Föhr gereist. Er hat direkt neben dem Geburtshaus einige Tage gewohnt. Spätestens jetzt, wenn man als Borkumer auf Föhr Walkinnladen sieht, weiß man, daß die Geschichte dieser Insulaner einem nicht fremd ist. Das kleine Örtchen Toftum, in welchem Cornelius Wilhelms geboren ist, liegt unverändert mitten auf Föhr. Die meisten Häuser sind reetgedeckt und vermitteln eine wirklich schöne Atmosphäre.
Hier und jetzt begann die Suche nach diesem Mann, was sich schwieriger gestaltet hat, als wir dachten.

In der Postgeschichte von Föhr fanden wir den ersten Hinweis :

Dort steht geschrieben, daß von 1766 – 1770 Nickels Wögens das Haus der späteren Poststelle bewohnte.
Nickels Wögens war Seefahrer, später Uhrmacher, er unterrichtete daneben in Navigation, vermutlich als Gründer der ersten Seefahrtschule unserer Küste, darunter auch als Schüler den berühmten Kapitän J. J. Eschels.

Die Föhrer Seeleute haben ihre Namen, wenn sie auf holländischen Schiffen fuhren, in die niederländische Form gebracht.
Nickels Wögens nannte sich also als Seefahrer **Cornelius Wilhelms**.
Dieser Hinweis brachte uns zu der Überlegung, daß unser gesuchter Wilhelms mit ursprünglichem Familiennamen Wögens könnte geheißen haben.

Die Ferring-Stiftung auf Föhr konnte nicht helfen.

Warum ist unser Cornelius Wilhelms auf Föhr nicht auffindbar ?
Tatsächlich mußten wir uns dann ein dreibändiges Riesenwerk des Föhrer Ahnenforschers Lorenz Braren zulegen, um unseren Mann zu finden : Die Geschlechterreihen St. Laurentii-Föhr.

Und da war er auf Seite 945 :
Cornelis Wögens, geboren am 17. November 1798.
Darunter steht in Kurzform ein Kommentar :

Zitat aus: „Die Geschlechterreihen St. Laurentii-Föhr"
von Lorenz Braren :
„Cornelis war Seefahrer. Er war an der Meuterei auf dem Schiff Braganza beteiligt, bei der Kapitän und Offiziere getötet wurden.
Das Schiff lief darauf in Emden ein. Beim Versuch das Schiff zu verkaufen, entstand Verdacht. Die Mannschaft wurde gefangen, an die U.S.A. ausgeliefert und dort hingerichtet. Lorenz Tschech besuchte Cornelis im Gefängnis. Er erbat sich eine Feile. Diese kam aber zu spät.“

Wir hatten auf einmal die Mutter, den Vater, den Großvater, seine Geschwister – alles war von Braren angegeben.
Hier steht also aufgeführt, und wir zitieren :
Der Vater war Tücke Wögens, geboren 1763, mit seiner Ehefrau Sitzele, geborene Peters, geboren 1767.Seine Geschwister waren Wögen, geboren 1790 und gestorben 1793,
Peter geboren 1792 und gestorben 1793,
Wögen geboren 1794, Peter geboren 1796,
Wilhelm Friedrich geboren 1801, Kay Friedrich geboren 1804
sowie die Schwestern Mattje Catharina und Mettje Catharina,
die noch als Säuglinge verstarben.

Cornelis Wögens nannte sich dann als Seefahrer
Cornelius Tunis Wilhelms, wobei der Beiname Tunis die Umform des Vornamens seines Vaters Tücke ist.

Einige Daten, die Braren in den 1940er Jahren zusammengetragen hat, passen nicht mit den Angaben von Wilhelms überein.

Wir werden nun bald die kompletten zwei Seiten der Veröffentlichung in der Zeitung **‚THE SUN'** als Übersetzung abdrucken :

LIFE AND EXECUTION OF
WILHELMS, THE BRAGANZA PIRATE!

CHAPTER I.
INTRODUCTION.

Bild : The Sun Zeitung aus New York,
Ausschnitt aus der Sonderauflage von Juni 1839

Wir haben Wochen, wenn nicht Monate damit zugebracht, den Text aus dem Englischen zurück in ein hoffentlich gutes Deutsch zu bringen.
Die Geschichte, die nun vor uns liegt, ist faszinierend.
Wir haben das Leben eines echten deutschen Karibikpiraten vor uns, der mit unfaßbarer Brutalität sein Leben gelebt hat und es zuletzt aufgeschrieben hat.

Zum besseren Verständnis einiger Zusammenhänge in den folgenden Aufzeichnungen sollen an dieser Stelle einige Hintergrundinformationen gegeben werden :
Wir beschränken uns dabei auf das für diese Geschichte Wesentliche.

Zum Zeitpunkt unserer Erzählung gehörte Föhr zum Königreiche Dänemark. Es fiel erst 1864 nach dem Deutsch-Dänischen Krieg dem Deutschen Reich zu.
Dänemark hatte im 17. und 18. Jahrhundert in der Karibik Inselkolonien besetzt oder erworben, dieses waren die Inseln St. John, St. Thomas und insbesondere St. Croix.
Die Inseln in der Karibik wurden seit ihrer Entdeckung 1492 durch Christoph Columbus und seinem Irrtum auch die westindischen Inseln, oder kurz Westindien genannt.
Auf diesen Inseln wurde zuerst Baumwolle, dann aber wegen deutlich höherer Gewinne Zuckerrohr auf zahlreichen Plantagen angebaut.
Dieses ist eine arbeitsintensive landwirtschaftliche Produktion und erforderte den Einsatz zahlreicher Sklaven, um durch das Einsparen der Lohnkosten extrem profitabel wirtschaften zu können.

Nachdem anfangs auch Dänemark in unbedeutendem Umfang Sklavenhandel betrieben hatte, wurde der Handel mit Sklaven, die ganz überwiegend von der afrikanischen Goldküste aus in die Karibik verschleppt wurden, 1803 seitens Dänemark verboten. Dieses fiel Dänemark leicht, weil die Haupteinnahmen aus dem Westindienhandel eben nicht mit Sklaven, sondern mit Zucker, und dann auch in bedeutendem Umfang mit Rum gemacht wurden. Trotzdem wurden in der Karibik auch auf dänischen Plantagen Sklaven weiterhin eingesetzt, sie wurden nun lediglich von anderen Sklavenhandel treibenden Nationen eingekauft. Die Sklaverei selbst wurde also weiterhin geduldet.

Um eine Vorstellung der Größenordnung des Sklaveneinsatzes zu bekommen, haben wir die Zahl von 27.351 Sklaven im Jahr 1804 allein auf St. Croix gefunden.

Bedeutsam für unsere Geschichte ist hier noch zu erwähnen, daß der Sklavenhandel von anderen Nationen noch lange bis in das 19. Jahrhundert in großem Umfang fortgesetzt wurde.

Bis zum Erliegen des Sklavenhandels waren am Ende mehr als vier Millionen Menschen unter unsäglichen Bedingungen auf den Sklavenschiffen aus Afrika in die Neue Welt verschleppt worden.
Alleine auf der Überfahrt starb jeder fünfte Gefangene.
Die Sklavenhändler zeichneten sich durch allergrößte Brutalität und Menschenverachtung aus.

Bild : Sklavenhandel, Quelle : Schiffahrtsmuseum Flensburg

Als Wilhelms zur See fuhr bestand seit etwa einhundert Jahren eine feste Handelsroute von Dänemark zu den Westindischen Inseln.
Wenn ein schleswig-holsteinischer Seemann auf einem Überseeschiff anheuerte, dann fuhr er mit großer Wahrscheinlichkeit in die Karibik.

Aus Schleswig-Holstein liefen insbesondere von Flensburg zahlreiche Schiffe zu den Kolonialinseln aus. Hier sind in der Zeit von 1814 bis 1835 namentlich 311 Fahrten berichtet. Die Fahrt dauerte bis zur Rückkehr ein halbes Jahr und länger.
Geliefert wurden sämtliche Gegenstände des täglichen Bedarfes und ganz besonders auch Lebensmittel und Baumaterialien.
Auf der Rückreise war vor allem Rohzucker, aber auch große Mengen an Kaffee, Tabak, Tee, Reis, Kupfer, Farb- und Edelhölzer und auch viel Rum an Bord.
Besonders Flensburg wurde einerseits durch den Zuckerhandel, daneben aber vornehmlich durch die Rumveredelung und den Spirituosenhandel reich und bekannt.
In Flensburg gab es um 1790 200 Destillen, 1799 wurden mehr als 1 Millionen Liter Branntweine alleine nach Norwegen ausgeführt.

Wie sah es nun in der Karibik selbst aus ?

Hier standen verschiedene europäische Nationen und auch die jungen Vereinigten Staaten in Konkurrenz zueinander in dem Bestreben, möglichst viele Gebiete zu kolonialisieren und auszubeuten.
Darunter waren unter anderem : Spanien mit den großen Kolonien auch im Norden von Südamerika, England, Frankreich, Portugal, die Niederlande, die USA, und eben auch Dänemark.
Das ging keineswegs friedlich zu :
So stellten die Nationen den sogenannten Freibeutern Kaperbriefe aus, teilweise auch gegen Länder, mit denen sie an Land im Frieden standen.
Kaperbriefe erlaubten eine legale gewaltsame Aufbringung von fremden Schiffen, um damit den konkurrierenden Handel zum eigenen Vorteil zu erschweren.

Daneben trieb die Piraterie in diesem Gebiete Wildwuchs. Piraten, im Gegensatz zu Freibeutern, waren vollständig Gesetzlose.

Was heute nur noch in Abenteuerfilmen dargestellt wird, und in unserer Zeit kaum noch vorstellbar ist : es gab damals regelrechte Piratenfestungen.
Diese waren so gut ausgebaut, daß sie nur schwer einzunehmen waren.
Zusätzlich mag man heute kaum mehr glauben, daß sich auch die regulären nationalen Handelsniederlassungen und Häfen durchaus gerne mit den Piraten geschäftlich einließen.
Uns ist konkret von den dänischen Häfen bekannt, daß selbst Piraten, denen Morde auf See nachgewiesen waren, ein vierundzwanzig-stündiges freies Aufenthaltsrecht gewährt war.

Das reichte den Piraten zunächst aus, um das Notwendigste an Land zu erledigen. Alle anderen hatten freies Aufenthalts- und Handelsrecht.
Im Übrigen gab man sich mit dem Nachweis von Morden keine besondere Mühe. Man profitierte von den reichhaltigen Waren und Gütern, die so, ohne Frage nach deren Herkunft, den örtlichen Reichtum gewaltig vermehrten.
Unter diesen Bedingungen war Westindien ein Paradies für Schurken und Glücksritter aller Art, die der mehr ehrlichen Handelsschiffahrt große Verluste an Schiffen, Ladung und Mannschaft zufügten.

All dieses änderte sich ab 1823, als die Vereinigten Staaten unter dem Kommando von Marineoffizier David Porter das sogenannte **Westindiengeschwader** aufstellten und systematisch die Piraterie zu bekämpfen begannen.
Auslöser waren einige schwere Verluste an amerikanischen Kauffahrtschiffen in den Jahren zuvor, daneben lehnten die USA, im Gegensatz zu anderen Nationen, Handelsbeziehungen zu Verbrechern generell ab.

Das Westindiengeschwader bestand aus einer Anzahl Kriegsschiffen, die teilweise schwerbewaffnet waren und auch über Marinelandetruppen verfügten.

Bis 1825, also innerhalb von nur drei Jahren, gelang es den Vereinigten Staaten durch diese großartige koordinierte Aktion in der Karibik für Ruhe und Ordnung zu sorgen.
Die Piraterie war damit in Westindien praktisch zum Erliegen gekommen, zahlreiche Verbrecher wurden gehenkt, der Rest der Entkommenen verstreute sich in alle Winde.

Bild : Die Karibik, Quelle : Schiffahrtsmuseum Flensburg

Diese Vorabinformationen dienen zum besseren Verständnis, wie ein Föhrer Seemann in die Karibik kam, und was er dort vorfand. Nachfolgend drucken wir nun unsere Übersetzung der Sonderauflage von Juni 1839 der Zeitung ‚THE SUN' aus New York.
Nach der damaligen Art der Berichterstattung erlaubt sich der Herausgeber ein umfangreiches, teilweise moralisierendes Vorwort mit einleitenden Vorabinformationen, um dann die von Wilhelms selbst geschriebenen Briefe wiederzugeben.

Es sind die Memoiren desselben Mannes, der am 23. August 1838 vor Borkum strandete.

Vorbemerkung : Wir werden im Weiteren die Ausführungen selbst nicht weiter kommentieren, weil es sich hier um eine eigenständige journalistische Ausarbeitung handelt, mit eigener Einleitung und eigenem Ausklang. Einige Illustrationen hingegen haben wir eigenmächtig eingefügt um den Text aufzulockern.

Im Anschluß hieran werden wir dann weitere Fragen klären.

Bild : Eine typische Brigg auf der Rumroute,
Quelle : Schiffahrtsmuseum Flensburg.

Das Leben und die Hinrichtung Wilhelms, des Braganza-Piraten !

Kapitel 1
Einführung

„Oh Tyrann, so macht Gewissen Feiglinge aus uns allen !“

(Shakespeare, Hamlet)

Die Zeitspanne im Leben eines Übeltäters, die zwischen der Verkündung und der Vollstreckung des Todesurteils liegt, kann mit dem letzten Aufflackern eines Kerzenstumpfes verglichen werden.
Wie das Licht, das nun vergossen wird um die Düsterkeit danach noch tiefer erscheinen zu lassen, so werden die wenigen Stunden, die dem Kriminellen übrigbleiben, in schärferem Kontrast die Fehler eines verfehlten Lebens darstellen.
In der dunklen Zelle, ohne Gemeinschaft als mit seinen eigenen Gedanken, dreht sich die Erinnerung in der Vergangenheit und zwingt den Grübler zum Tadel.
Die Stunde der Ehre ist vergangen - der Moment des Wettstreites ist vorübergezogen - die Begeisterung des Kampfes ist zu Ende, und alle diese Nebel und falschen Farben, deren Reize das Leben ausmachen, verschwinden, und er sieht seine Handlungen in ihrer Nacktheit.
Die Gefährten des Gelages sind abgereist, und nun gibt es einen pochenden Zeigefinger, der sein Auge auf den Untergang heftet, der ihn erwartet.
Verhärtet muß der Bösewicht sein, tatsächlich abgestumpft von allem Gefühl von Gut und Böse, wenn nicht jetzt Reue erwacht wie ein Riese aus seinem Schlaf um mit seiner eisernen Ferse die Verkrustung zu brechen, die sein Innerstes wohl über Jahre umfing.

Das Gefühl der Reue ändert nichts, führt zur Verzweiflung, und diese wiederum führt zur Reue.
Es nützt nichts, von Buße und Reue zu sprechen - wir würden nicht sagen, daß so ein Bösewicht nichts bereut - , aber es muss aus seinem eigenen Herzen kommen, und nicht durch das Murmeln eines bemühten Eiferers in sein Ohr.

Er kann sich an die Täuschung klammern, daß er von Gott aufgenommen würde, aber auch vorausgesetzt sein eigenes Herz hätte plötzlich die Sehnsucht nach Rückkehr zur Tugend entdeckt, so wäre es nur ein Versuch das Grab mit Gold auszuschmücken, um mit den frommen Geistlichen zu sprechen, die ein verirrtes Schaf zur Herde zurückzuführen gedenken.

Doch selbst in der Reue eines schlechten Mannes werden wir den Schimmer der edlen Natur erkennen, mit dem Gott sein eigenes Ebenbild versehen hat.
Es mag sein, daß in der kommenden Erzählung vieles gefunden wird, das unsere Sympathien einfordert.
Es kann sogar sein, daß es ausreicht, um ihn nach unserer Ansicht erlöst zu hoffen und uns zu der Schlußfolgerung zwingt, daß dieser Mann nicht ganz verdorben sei.
Wir bekennen ohne Scham, daß uns manche Träne beim Übersetzen dieser Seiten aus den Augen floß.

Doch die Nachsicht mit falschem Mitleid ist das gefährlichste Gefühl, das eine Gemeinschaft durchdringen kann.
Ein Mann muß nicht ganz verdorben sein, um eine Gefahr für die Gesellschaft zu sein. In der Tat ist es notwendig, eine gewisse Tugend zu besitzen um gefährlich zu werden. Indem er nach außen tugendhaft erscheint, verheddert sich der Mann im Inneren in die Fallstricke des Bösen. Es zeigt sich dann erst am Ende, daß dieser Mensch innerliche eine falsche Buchführung betrieb.
Der Mann, der ein Pferderennen auf die Beine stellt, sagt, daß es dabei um die Förderung und Vervollkommnung des edlen Tieres geht. Er preist das Rennen nicht an als ein Treffen kleiner Gauner, polternder Querulanten, polierter Spieler und vornehmer Diebe, was den Tatsachen entspräche. Tatsächlich nennt er es alles andere außer eines geistreich geknüpften Netzes, was es sicher ist, das die Jungen, die Fröhlichen und die Verschwender gefangennimmt und ruiniert, aber dieses ist die wahre Bedeutung eines Pferderennens.
Tugend wird dort versucht wo die Untugend einen Mantel von Purpur und Gold, und die Kriminalität eine Kette von Rubinen um den Hals trägt, alles, alles um den Unschuldigen und Ahnungslosen in den Ruin zu führen.
Trotz dieser unbestreitbaren Wahrheiten sind unsere „Marmorpaläste“ die Werbehallen für Pferderennen.
Männer, die bestimmt sind Führer der Gesellschaft zu sein, leihen ihr Engagement dem Sport - Männer, die anstreben Richter,
Lehrer der Jugend und Gesetzgeber zu werden, sind Anführer der Unterstützung.
Zeitungen, die manches Mal von Reinheit und Feinheit schwafeln, schreiben in ihren Kolumnen Lobreden darauf - und all das nur,
weil ihre Herausgeber Interesse an der Auflage haben und hoffen an der Ausbeutung Anteil zu haben.

Offenkundig, und mit den Ereignissen der jüngsten Vergangenheit, die hiermit vorgelegten werden, wird sich unsere Aussage : „daß ein Mann etwas Tugend besitzen muß, um gefährlich zu werden“ entweder als profan oder als unwahr erweisen.
Wir haben dieses vorausgeschickt, um den Leser vor falschen Sympathien für die Person dieser Erzählung zu warnen. Daß sie nicht ganz verdorben ist, ist keine Entschuldigung für ihre Verbrechen, noch ein Grund seine Verurteilung als grausam oder ungerecht zu erachten.

Wilhelms war ein Mann von überragendem Geist und Empfindlichkeit in seiner Jugend. Aber das Licht, das ihn auf den Pfad der Tugend hätte leiten sollen, wurde nur zu seinem Führer zu tieferer und tieferer Schuld. Seine Ausbildung war gut, beurteilend nach dem Stil seiner Erzählung, der so elegant ist, wie die deutsche Sprache es je vermag. Und so verdarb er das Licht, welches ihm durch Gott gegeben wurde; er durchbrach die Schranken seiner Bildung und vernachlässigte beides, die Lehren seines Herzens und die seines Urteilsvermögens.
Wir können ehrlich bedauern, daß so viel Gutes der Welt verlorenging, aber wir können nicht, wir wagen es nicht, seinen Namen der wohltätigen Meinung der Menschheit zu empfehlen. Froh wären wir, könnten wir, wenn bloß möglich, eine Entschuldigung für ihn finden.
Schicksalsschläge können Menschenhaß und Verachtung für die Welt erzeugen, aber kein Elend, das man erfahren könnte, kann bewußten, grundlosen und oft wiederholten Betrug und Grausamkeiten entschuldigen.
Es war nur natürlich, als nun die Todesstrafe drohte, daß sein Verstand die Düsterkeit und Schuld seiner letzten Tage den Verhältnissen seiner Kindheit gegenüberstellte.
Der Rord, oder Richard Nickelson, an den diese Erzählung gerichtet ist, ist in dem Dorf, in dem sie geboren wurden, ein Mann von einigem Ansehen, und durch jene Launen, die das menschliche Herz anrühren, entstand eine aufrichtige und treue Verbindung zu diesem Freund aus der Kindheit. Diese Freundschaft und die Erinnerung an seine Mutter ist der einzige Lichtblick in der inneren Auszehrung durch seine Verbrechen, die Wilhelms dann durchlebte. Seine letzten Gedanken galten diesem Freund, und die ständige Frage, ob seine Erzählungen sicher an ihrem Bestimmungsort ankommen würden, war eine große Sorge, die des Piraten weiteres Verhängnis begleitete.
„Wurde der Brief verschickt?“, wurde tausend Mal gefragt, und wir können den Lesern versichern, daß dieses getreulich ausgeführt wurde. Der Brief wurde verschickt, ebenso auch der an seine Schwester, der am Ende dieser Erzählung zu finden ist.
Der Leser möchte den folgenden poetischen Einschub entschuldigen, doch in ihm ist der Werdegang der Erzählung so treu beschrieben, daß wir ihn nicht zurückhalten wollen :

„ In frühern Tagen, schönern Stunden,
Wenn Herz für Herz noch feurig glüht,
Hatt ich mich einem Freund verbunden,
Wo meiner Heimat Thal erblüht.
Zu ihm dies Angedenken sende !
Es mahn‘ ihn an den Jugendeid
Und künde ihm mein traurig Ende.
Obgleich mein Geist - versenkt in Leid -
Jetzt schwächer fühlt der Freundschaft Feuer,
Ihm ist mein sünd‘ger Name theuer.
Er hat mein Loos mir prophezeit ;
Ich lächelte - o könnt‘ ich's heut ! -
Wenn er verständig in mich drang,
Mich warnte, schien mir's damals Zwang ;
Jetzt haucht Erinnerung in mein Ohr
Die Worte, kaum gemerkt zuvor.
Sag‘ eingetroffen sei sein Ahnen ;
Und trauern wird er, wenn er's hört,
Und wünschen, daß sich's nicht bewährt.
Sag - ob auch fruchtlos blieb sein Mahnen
In unsrer goldnen Jugendzeit, Als Leichtsinn mich verführt zum Streit - ,
Gern hätt‘ mein Mund, eh ich dahin,
Gesegnet ihn mit treuem Sinn ;
Doch zürnt des Ew‘gen Majestät,
Wenn der Schuldige für den Reinen steht.
Es tadle mich der Edle immer,
Doch meinen Namen schmäht er nimmer ;
Auch acht ich nicht des Nachruhms Schimmer.
Daß er nicht traure, begehr ich nicht ;
Aus solchem Wunsch nur Kaltsinn spricht.
Was kann die Bahre mehr verschönen,
Als eines Freundes männliche Thränen ?
Bring‘ diesen Ring ihm - seine Gabe ;
Erzähl‘ ihm, was ich gelitten habe !
Die Seele wund, der Leib zerstört -
Ein Wrack von Leidenschaft verheert -
Ein leeres Buch - ein welkes Blatt,
Vom Hauch des Grams geknickt und matt ! "

Der Giaur von Lord Byron, hier übersetzt von Friederike Friedmann ; FA Brockhaus, Leipzig 1854

Kapitel 2
Das Leben des Wilhelms.

„Sein Herz geformt für Weichheit -
mit Unrecht umhüllt,
verraten zu früh und betrogen zu lang.“

(Lord Byron, The Corsair)

Es ist einsichtig, daß die vielen Umstände der frühen Geschichte des Wilhelms seinen Freunden und der unmittelbaren Nachbarschaft gut bekannt sind, sodaß er diese nicht in seiner Erzählung für Nickelson wiederholen wird. Diese Leerstelle wird durch eine Frau gefüllt, die vier Türen von Wilhelms entfernt aufwuchs und eine der ersten Bezugspersonen seines frühen Lebens war. Sie ist nun seit den vergangenen fünf Jahren Bewohnerin dieser Stadt.
Ihr verdanken wir die Informationen, die dieser Erzählung vorausgehen.
Cornelius Tunis Wilhelms wurde in dem Dorf Doerfmdum, auf der Insel Föhr, Holstein, Dänemark, geboren und ist nun 42 Jahre alt.
Seine Eltern waren von akzeptablem Stand. Sein Vater ein Kommandant einer der schwimmenden Batterien im Krieg zu Kopenhagen;
am 24. April 1801 wurde er in einer denkwürdigen Handlung getötet.
Es wäre jetzt unnütz, über den Einfluß des vorzeitigen aber ehrenvollen Todes des Vaters auf das Schicksal seines Sohnes zu spekulieren.
Aber Lord Nelsons großer Sieg beraubte einen Sohn um seinen Vater, und daran, daß dieser Sohn den Verlust des Vaters fühlte ist kein Zweifel.
Der Krieg selbst war eine der skandalösesten Attacken in den historischen Berichten der Zivilisation. Eine überwältigende Seemacht, aufgeboten von den größten Seehelden aller Zeiten, attackierte unvermutet die Hauptstadt eines Landes im Frieden unter dem Vorwande, daß, im Falle eines Krieges mit Russland, dessen Rüstung gefährlich für die Briten sein würde.
Aber da es ein berühmter Sieg war, nehmen wir an, daß die Welt kein Recht hat gegen die Verletzung der Verträge, die Ehrlosigkeit und den Massenmord zu klagen - der Angriff auf Kopenhagen war nichts weniger. Meuchelmördern gleich sprangen die Briten die arglosen Batterien an und zwangen sie nach immensem Gemetzel zur Kapitulation. Sie hatten die Häfen als Freunde angelaufen, aber noch bevor 20 Stunden vergangen waren, feuerten sie auf deren Verteidigungsanlagen.
Dennoch war es ein berühmter Sieg, und mit dieser Deutung soll die Welt zufrieden sein, trotz der Gemeinheit und des Verrats, wodurch dieser gewonnen wurde. Er wird als ein glorreicher Sieg auf Nelsons Denkmal in der St. Pauls Kathedrale verzeichnet, und diese Bezeichnung des Angriffs auf Kopenhagen wird so erinnert werden, bis **ER,** dessen Recht es ist zu regieren, kommen wird.

Neben Cornelius hinterließ Nelsons großer Sieg einen älteren Bruder und zwei Schwestern vaterlos.
Der Bruder ist nun ein Offizier im Dienste des Königs von Dänemark.
Die Schwestern, an eine von ihnen ist der Brief auf einer der letzten Seiten gerichtet, haben beide gutbürgerlich geheiratet; eine einen Schiffsbauer und Holzhändler und die andere einen Zolloffizier.
Frau Wilhelms, die Mutter, lebt noch, ist allerdings bereits in ihrem 90. Lebensjahre angelangt. In ihren besten Jahren war sie eine Frau von großer Geisteskraft und unterrichtete ihre Kinder selbst. Cornelius, den jüngsten, umsorgte und verwöhnte sie möglicherweise mehr als klug war, aber es gibt keine Beweise, daß sie aus törichter Vorliebe handelte.
In seinen jüngeren Jahren zeigte Wilhelms eine Neigung für das Leben der Seemänner und begleitete im Alter von sieben Jahren eine Reise nach Island auf einem Schiff, auf dem sein Onkel Kapitän war.
Seine Begeisterung wurde keineswegs von diesem ersten Experiment geschwächt, und in gewissen Abständen segelte er bis zu seinem 15. Lebensjahr mit dem besagten Onkel.
Die anderen Abschnitte seines Lebens füllten verschiedene Studien seinem Alter und seinen Möglichkeiten entsprechend. Seine Leidenschaft galt der Unterhaltung mittels Lektüre über Piraten und deren Verbrechen.
Aus diesen Büchern, so unüberlegt ausgewählt sie waren, entwickelte er ein Gefühl für das kriminelle Leben, welches er später selbst führen sollte.
Seltsam ist, daß es diese Vorliebe war, die erstmals Nickelsen und Wilhelms zusammenführte. Es ist wahrscheinlich, daß Nickelsons Vater in einer Auseinandersetzung mit Piraten umgebracht worden ist, und Neugier brachte den Jungen dazu, ein tieferes Interesse für das Leben dieser Verbrecherkaste, die ihn vaterlos machte, zu entwickeln.
Die gewonnenen Erkenntnisse jedoch ließen in seiner Brust nur eine noch größere Zustimmung zur Piratenjagd wachsen, während in Wilhelms Brust eine tiefe Sehnsucht zur Nachahmung ihrer Taten wuchs.
Letzterer war schroff, gefühlsbetont und mutig. Nickelson war sanft, furchtsam und schüchtern. Die Besinnung machte ihn fromm und nachdenklich. Ehrgeiz machte Wilhelms zu einem Unmenschen. So weit entfernt von allen Prinzipien der Gerechtigkeit und Menschlichkeit, die sein Herz in seinen Handlungen hätten leiten können, schien er völlig unbewusst deren Existenz. Auf solch widersprüchlichen Einstellungen war diese Freundschaft gegründet, welche dann in der letzten Szene, der tiefen Tragödie, ihre letzte Erfüllung fand.
Nickelson ist heute froh und geachtet, Wilhelms dagegen ist Objekt eines chirurgischen Seziersaales, und vielen Betrachtern wird ein Schauer durch die Herzen schießen beim Betrachten der Knochen, wenn die Geschichte ihres ehemaligen Besitzer nun nacherzählt wird.

Die einzig bemerkenswerten Charakterzüge in der Jugend des Wilhelms waren seine Art eines tyrannischen Wesens unter seinen Spielkameraden und die eines tiefverwurzelten Hasses, der zwischen ihm und seinem Bruder schwelte.
Der ältere Bruder war ernst, überheblich, egoistisch und bedacht auf sein Vorrecht als Erbe des Vaters. Er konnte zu Zeiten launenhaft großzügig sein, aber sein allgemeines Verhalten war das eines ausgemachten Despoten. Er versuchte Cornelius dazu zu bringen, keine Gedanken außer den seinen zu denken, keine Handlungen zu tun, außer ihn nachzuahmen. Er gab ihm vor, welche Kleidung er anziehen sollte, welche Studien er verfolgen sollte, welche Freunde er haben sollte; vielleicht hat er sein autoritäres Verhalten so weit ausgeübt, daß sowohl die Quantität und Qualität der Nahrung, die er zu essen hatte kontrolliert wurde sowie die Stunde zu der er am Morgen aufwachte oder in der Nacht zu Bett ging. Der geringste Verstoß gegen diese Vorschriften brachte die schwersten körperlichen Züchtigungen mit sich.
Wir sagen nicht, daß sein Bruder von einer grausamen und rachsüchtigen Art besessen war, aber diese Anforderungen hatten zweifelsohne ihren formenden Einfluß auf Cornelius‘ empfänglichen Geist für richtig und falsch. Moralische Prinzipien waren somit keine Belange, die sein tyrannisches Wesen beeinflußt hätten. Eine unmäßige Liebe zur Macht und der ständige Reiz, diese auszuüben, waren die einzigen Gefühle, die seine Erziehung diktierten.
Es war unter solchen Umständen nicht wahrscheinlich, daß Cornelius sehr liebenswerte Charakterzüge entwickelte. Sein Bruder, der männliche Kopf der Familie, bot ihm keine Beziehung außer der eines herzlosen Tyrannen. Die Liebe zur Heimat, welche eine der bindenden Züge in der menschlichen Natur ist, wurde, wenn nicht völlig ausgelöscht, so doch entartet oder wurde eine vergebliche Vorstellung von dem, was sie sein sollte. Der Knabe wurde launisch, weil er mit dieser Lieblosigkeit erfüllt wurde, die seine bessere Natur überwucherte.
Seine Gefühle wurden damit früh verbogen, und die Sonne des Gedeihens, die allein deren Schönheit und Proportionen hätte ausbauen und erweitern können, schien ihm hiernach nie wieder.
So können wir für die erschreckende Gleichgültigkeit in seinem Leben, die sich offenbart bei so vielen Gelegenheiten während dieser Erzählung, ohne Zweifel feststellen, daß diese durch falsche Anleitung gefördert wurde.
Wir werden hier eine kurze Anekdote, die das Temperament unseres Helden und seine Charakterzüge in einem deutlichen Lichte zeigt, heranziehen :

Unter den Kameraden von Nickelson und Wilhelms war ein John Neifstein. Dieser John war über viele Jahre einer der Älteren ihrer Freunde, und bekannt unter den Jungen für seine Kühnheit.
Eines Tages schlug er Nickelson wegen einer geringfügigen Straftat, und dieser informierte daraufhin Wilhelms. John lebte drei Meilen entfernt, und obwohl es bereits sehr spät war, brach Wilhelms auf, um ihn zu finden und zu züchtigen.

Angekommen an dessen Haus erfuhr er, daß an diesem Abend dort eine Festlichkeit stattfinden sollte. Dadurch nicht eingeschüchtert, bestand Wilhelms darauf John zu sehen, der kurz danach erschien.

Cornelius sagte ihm ins Gesicht, daß er gekommen sei, um für seinen Freund an ihm Genugtuung einzufordern und nannte ihn einen Angsthasen und Feigling. John sagte, er wolle nicht kämpfen. „Das wollte auch Nickelsen nicht, als du ihn angegriffen hast“, sagte Wilhelms. Es gab keine Alternative, und der Kampf begann mit großer Bestimmtheit seitens Wilhelms, der, obwohl er vier Jahre jünger als sein Gegner war, seinem Kontrahenten so schwere Prügel verpasste, daß die öffentlichen Autoritäten Notiz von dem Ereignis nahmen und Wilhelms solange einsperrten, bis es absehbar war, daß John sich hiervon wieder erholen würde.

Mit dem 15. Geburtstag, so können wir sagen, begann wohl das ereignisreiche Leben des Wilhelms.

Die ersten Tage hielten seinen unruhigen Geist noch entweder zu Hause oder unter der Kontrolle unmittelbarer Verwandter, aber durch einen aufregenden Unfall wurden dann alle Leinen zerrissen.

Da die Geschichte dieses Ereignisses in der Erzählung an Nickelsen steht, sollten wir keine weiteren Anspielungen mehr darauf machen. Wir haben den Leser hiermit bis zum Anfang der Erzählung geleitet, welche wir nun darbieten, mit keinem weiteren Kommentar bis nach diesem Brief.

Kapitel 3
Wilhelms Brief an Nickelson.

(New York Gefängnis, Mai 1839)

„ Mein lieber Freund !
Die Verwicklung in die Angelegenheit der **Brigg Braganza** wird mich in den Untergang ziehen, welchen du mir in unseren Kindertagen so oft prophezeit hast. Ich hätte Dir zu diesem Zeitpunkt noch nicht schreiben sollen, da ich nicht sicher bin, ob du die Darstellungen bereits in den öffentlichen Zeitungen gelesen hast.
Im Übrigen, Kapitän Straensen hat mich besucht, nachdem ich für schuldig erklärt wurde, und er wird dich über mein weiteres Schicksal informieren.
Aus der Lage der Dinge wußte ich, daß eine Verurteilung erfolgen würde, obwohl ich überrascht war, so viele unnötige Meineide zu hören.
Gewißlich verpflichte ich mich dir gegenüber, daß ich für meine Rolle in dieser Angelegenheit „den Tod nicht verdiene“. Zur rechten Zeit wirst Du die wahren Zusammenhänge erfahren. Mein Gewissen ist rein, und als Beweis für das unrechte Einfordern meines Lebens, hat die Person, die Meineid geschworen hat, Selbstmord begangen.
Und so muß ich einen schändlichen Tod sterben, und das, bevor Du diesen Brief erhältst.
Mein Körper wird dann etwas werden, womit die Winde Spott treiben, und meine Seele wird ihren letzten Ruheplatz erreicht haben.
Es ist unnütz, jemandem so mild und nachsichtig, wie du es immer warst, die Eindrücke und Gefühle eines Mannes, der sein Leben entweichen sieht, zu beschreiben. Die Momente des Abschiednehmens scheinen sich zuerst zu dehnen, aber einmal vollzogen wundere ich mich, wie schnell sie vorübergezogen sind. Stunde um Stunde vergeht, und auch die nächste bringt keine Hoffnung. Ich kann mich deutlich an jedes Schlagen der nicht ruhenden Uhr erinnern, seitdem mich das Gericht schuldig gesprochen hat.
Seit mehr als zwei Monaten bin ich nun an diesen Ort gefesselt. Jeder Stein, aus dem das Gebäude besteht, ist mir vertraut, und die gleiche tote Monotonie durchsetzt alles um mich herum. Ich suche vergebens nach ein paar neuen Ideen, oder einigen seltsamen Sachen, die die Einsamkeit lindern, aber wenn ich auch tausend Themen zum Nachdenken beginne, so weiß ich doch, daß alle in der einen Erkenntnis enden, daß ich nur noch ein paar Tage zu leben habe.
Alles scheint mir gewohnt. Auch das Meer an neuen Gesichtern, die mich während des Gerichtsprozesses anstarren, erscheint mir bereits bekannt. Die Männer starren, haben aber kein Interesse an meinem Schicksal. Jedermann, mit Ausnahme des Anwalts der Anklage und des Richter erschienen teilnahmslos. Diese beiden Männer trachteten mir furchtbar nach dem Leben.

Meine unschuldigsten Handlungen, ungetrübt von irgendwelchen boshaften Vorsätzen, wurden zu vielen Beweisen meiner Schuld verdreht. Der Richter sagte, ich sei schuldig, noch bevor irgendwelche Beweise meiner Schuld vorgelegt wurden, und mein eigener Anwalt schien mich durch seine vergeblichen Versuche mich zu verteidigen nur zu verspotten. Könnte ich nur deren Sprache so gut sprechen wie ich sie verstehe, so würde ich den Menschen zeigen, wie weit entfernt von der Wahrheit die sogenannten Beweise, die sie gegen mich aufbringen, tatsächlich sind. Und auch wenn ich das Urteil des ungerechten Richters nicht hätte abändern können, so hätte ich doch wenigstens ein Denkmal in ihrer Sprache hinterlassen, und ihnen gezeigt, daß ich nicht vollkommen schlecht war.

Aber es ist vergeblich dieses nun zu schreiben. Es nützt mir nichts, ich muß sterben - und wenn ich um mein Leben bitten würde, würde diese Gnade doch nicht erteilt werden.

Dies sind meine Gefühle. Ich habe meine Existenz nie hoch bewertet, und auch nun werde ich ihren Wert nicht überschätzen.

Die einzige schreckliche Vorstellung den Tod betreffend, ist die Art seines Eintretens : Ein Vorführungsobjekt zu sein, um es zu beobachten. Männer, die auf mich, als den, der zu Tode geführt wird, mit dem Finger zeigen.

Zur Handlungsunfähigkeit gezwungen zu sein, während die Verrichtungen kein anderes Ziel als das meines Todes haben.

Die langsamen, aber zielstrebigen Bewegungen derer, die den Apparat vorbereiten, zu beobachten. Die anteilnahmslose Gleichgültigkeit des Mannes, der den letzten Gurt festzieht, zu sehen.

Seine knöchrigen, mageren, leichenartigen Finger an meinem Hals zu spüren. Das kratzende Geräusch des Knotens zu hören, wenn das Seil stramm gezogen wird. Das leichte Scheuern an meinem Ohr zu hören.

Das einzige unter Zehntausenden von Herzen zu sein, das nur für sich selbst schlägt, und keinen anderen Gedanken hat, als daß all diese Vorbereitungen nur mir gelten. Meine Augen verbunden zu haben, obwohl mein Auge noch nicht gebrochen ist, und zu wissen, daß von all den tausenden Anwesenden nur ich nicht nach Hause zurückkehren werde.

Die Welt wird mir verschlossen sein noch bevor ich sie verlassen habe. Man wird mich mit scharfem Auge ansehen, aber ich kann nicht zurückblicken. Zu wissen, daß das letzte Geräusch, welches ich höre, das Singen des Strickes ist, welcher mich zwischen Erde und Himmel hält :

All diese Dinge machen den Tod zu einer schrecklichen Vorstellung.

Wenn es soweit ist, werde ich nicht zaudern, aber das stumme Warten auf dieses Ereignis, welches mir gewiß ist, ist zu schmerzvoll, um es gleichgültig zu ertragen.

Das ist keine Verzagtheit, und man wird Dir wohl berichten können, daß ich meinen Weg unerschrocken bis zum Ende gegangen bin.

Für die vielen Fehler, wie du sie nennen würdest, die ich im Laufe meines Lebens begangen habe, fühle ich nur wenig Reue.
Aber da sind viele Dinge, die ich wünschte, sie wären nicht geschehen. Diese werden dir zur rechten Zeit bekannt werden.
Ich gestehe, daß es viele dunkle Begebenheiten gegeben hat, zu denen ich einen entscheidenden Teil beigetragen habe. Für diese verurteile ich mich aber nicht. Sie entstanden durch Zufall.
Als ich das Haus meiner Mutter verließ, tat ich dies mit der Absicht Gutes zu tun. Die Umstände machten dieses Vorhaben unmöglich zu erfüllen.
Es ist die Erinnerung dieser ersten Gefühle und das Bewußtsein, daß sie unbeeinflußbar mir entglitten, die mich gegen mein Schicksal aufbringt.
Es darf nicht als selbstsüchtig abgetan werden, wenn ich dir von den großmütigen Gefühlen, die mein Herz beherbergte, erzähle.
Für meine Familie hätte ich sterben können; am Altar meines Landes hätte ich stehen können, bis mein eigenes Blut darüber gefloßen wäre;
Dir wäre ich treu ergeben gewesen, aber all diese Dinge, all diese Freuden, blieben mir versagt. Nur mit dir, mein Freund, fand ich die Gemeinschaft, nach der meine Seele durstete.
Warum all diese Dinge dann so kamen, brauche ich jetzt nicht zu erläutern, es würde wie ein Vorwurf klingen, und ich habe kein Verlangen danach, die Wunde, die meine Geschichte noch schlagen wird, auch noch zu vergiften.
Noch immer bin ich den Tagen meiner Kindheit verbunden, welche die glücklichsten meines Lebens waren.
Inmitten von Trauer und Schmerz, im Schrei des Triumphes und dem Schauder der Begeisterung, war meine kleine Inselheimat das Mekka meiner Wallfahrt.
Keine Berge waren je so grün, keine Wasser so klar, keine Häuser so glücklich als die, die ich in meinen Heimatvorstellungen mir ausmalte und die auch Dich einschlossen.
Die Hoffnung dies alles wiederzusehen und zu genießen ist nun dahin, und ich werde dieses nicht mehr heraufbeschwören, da ich des Lebens müde bin.
Mein Freund, ich bin ein sehr, sehr alter Mann, ich habe alles erlebt, außer zu ruhen. Aber Ruhe - wo soll ich sie finden ? Im Grab ? Nein - für mich gibt es kein Grab ? Im Himmel ? Nein - für mich gibt es keinen Himmel ? Meine Ruhe wird nur in der vollkommenen Auslöschung sein. ---
Und trotzdem gibt es da eine Stimme, die da sagt, daß ich nicht vollständig verlöschen kann. Daß nach der letzten Szene die Erinnerung an mein Leben da sein wird, an den Sturm, an das Verbrechen, den Leichtsinn, und während diese Erinnerung geistert, werde ich nicht ruhen. Aber laß dieses vorüberziehen, da es Gedanken hervorruft, die ich über Jahre bemüht war sie zu versiegeln. Und wie auch immer meine Absichten zuvor waren, so bin ich nun dazu verurteilt, sie aus dem Sichtwinkel meines Lebenslaufes, der sie verdorben hat, beurteilen zu lassen.

Der mir wichtigste Gedanke gilt meiner armen alten Mutter. Ich möchte es Dir überlassen, mein Freund, eine Geschichte zu erfinden, um die eigentliche Art und Weise meines Todes vor ihr zu verbergen.

Wenn sie darüber wüßte, würde ihr armes altes Herz zerbrechen, und sie würde mit mir sterben.
Ach! mein Freund, wie viele Leben würde ich geben, die Erinnerung daran, wie oft ich ihr ungehorsam war, auszulöschen !
Es war mein großer Fehler, daß ich nicht zu Hause geblieben bin.
Sie meinte, daß für sie das Gute nicht ohne Pflichtbewußtsein vorstellbar sei. Sie erinnerte mich, wie edelmütig mein Vater gestorben war, und dann, daß ich sein genaues Ebenbild sei. Sie sagte, daß sie nur meinetwegen so viele Jahre im Witwenstand gelebt habe.
Damals habe ich nicht zugehört, und gewiß ist dann wenig Gutes aus meinen Wanderungen erwachsen. - Ich sage dies nicht ohne Gedenken an die Tyrannei meines Bruders, und ihrer stillschweigenden Duldung seiner Ungerechtigkeiten. Ich gebe diesen Dingen ihr volles Gewicht, dennoch rechtfertigen sie nicht mein Handeln. Ich hätte durch Umsicht und Selbstzucht diese Ärgernisse überwinden und mit diskreter Nachsicht das hochmütige Temperament und die unmenschliche Barbarei meines Bruders ertragen können.
Aber laß auch diese Dinge ruhen, da ich nicht wünsche noch einmal ein Kind zu sein, und diese Gedanken jene Tasse Galle, die ich nun trinke, nur noch bitterer machen.
Lebewohl ! Ich habe auch meiner Schwester geschrieben, daß meine Mutter über mein Schicksal unwissend bleiben soll.
Wenn Du meinen Bruder siehst, dann grüße ihn und sage ihm, daß ich ihm keinen Vorwurf daraus mache, daß seine Härte zu meinem Schicksal beitrug.
Sage ihm auch, daß ich ihm vergebe, daß er mich auf der Welt heimatlos und freundlos machte. Seine Frau war zu mehreren Gelegenheiten sehr gut zu mir. Sage ihm, daß ich ihm ihretwegen vergebe; und dann vergebe ich ihm wegen seiner jungen, unschuldigen und schönen Kinder. Ich möchte nicht, daß sie verstört werden durch die Erkenntnis, daß durch die Lieblosigkeit ihres Vaters jemand zu Tode kam, der mit seinem Tod ihnen einen freundlicheren und ehrlicheren Vater wünschte.
Lebewohl ! Nochmals, und endgültig in dieser schrecklichen Welt, und nachdem der Vorhang des Lebens fällt, so werde ich vielleicht die Ruhe finden, welche ich mir so lange und so inständig ersehnt habe. Ich grüße Dich, es ist das letzte Mal, das ich Dir schreibe, aber nicht das letzte Mal, das ich an Dich denke.
Lebewohl, der Du der einzigletzte warst, in all diesen schmerzvollen Jahren mein ständiger Freund und gütiger Begleiter zu sein. Ich weiß, Du wirst nicht verurteilend meines Schicksals gedenken, denn du weißt zu gut, daß ich nicht vollkommen schuldig bin.

Es gibt einige, die ich hier nicht genannt habe. Mein Stift wagt es nicht ihre Namen zu schreiben. Du weißt, wen ich meine, ich vertraute sie Dir an, als ich meine Heimat zum letzten Mal verließ. Behandle sie wie Deinen Augapfel, so wie auch ich es tat. Ich werde kein einziges Wort sagen, welches sie an mein Schicksal erinnern wird und werde beten, daß sie es niemals erfahren.
Lehre sie Dich Vater zu nennen - lasse sie nicht wissen, daß sie einen anderen hatten. - Aber bitte !, ich beschwöre Dich, vertraue sie nicht meinem harten, stolzen und unleidlichen Bruder an.
Laß sie die schmerzvollsten, erniedrigendsten und unbelohntesten Arbeiten verrichten, aber nicht für ihn. Laß sie betteln – verhungern - laß sie eher sterben, als den Luxus eines Palastes zu genießen, der von ihm regiert wird. Laß sie eher zu dem werden, was nun ihr Vater ist, anstatt daß sie mich verurteilend dem schmeicheln, der mich so verformt hat.
Insbesondere verhindere, daß sie meine Verletzungen rächen - und dies sage ich Dir, vertraue nicht dem Mann, der mich so falsch geführt hat.
Noch immer empfinde ich gegenüber meinem Bruder keinen Haß.
Ich sage nur, laß ihn nicht meine Kinder lieben – weil, obwohl er immer seine Liebe zu mir heraushob, dieses für mich doch der Schierlingsbecher war.
Ich würde keine seiner mildtätigen Ziele behindern, aber ich kann es ihm nicht erlauben, meine Kinder unglücklich zu machen.
Dieses Dokument wird von ausreichender Kraft sein, ihn davon abzuhalten sie an meiner Statt anzunehmen, auch dann wenn er vor Gericht ginge, um sie zu bekommen als ihr nächster Verwandter.
Ich habe übersehen, daß ich Dir bereits Lebewohl gewünscht habe.
Dieser Brief ist sehr lang, aber Du wirst ihn dennoch aufmerksam lesen. Die versprochene Erzählung wird in einem separaten Dokument Dir zugehen. Ich bin zu schwach um sie hier jetzt noch anzufügen.

Lebewohl ! - Lebewohl !

Ich bin Dein ständiger Freund,
Cornelius T. Wilhelms "

An den jungen Richard Nickelsen, Doerfmdum, Insel Foihr, Holstein.

(**Anmerkung der Autoren :**
es handelt sich um den Ort Toftum auf Föhr.)

Kapitel 4
Erzählung, geschrieben von ihm selbst.

Ein einz'ger Angstschrei ! – lauter als das Brausen
des tosenden Meeres, wie ein Donnerschlag;
Dann ward es ringsum still,
bis auf das Sausen des Sturmes und mitleidloser Wellen Schwall ;

(Lord Byron, aus Don Juan)

Mit den Geschehnissen bis zu meinem vierzehnten Lebensjahre bist du vertraut, **und so werde ich mit der Reise nach Malaga anfangen, auf dem Schiff Friendship, von dem mein Onkel der Besitzer und Kapitän war.**

Auf der Hinreise geschah nichts Bemerkenswertes. Das Wetter war gut, der Wind günstig und mein Onkel behandelte seine Besatzung wie seine eigenen Kinder. Sicherlich gab es nie eine so fröhliche Hinreise und keine Reise die so desaströs endete.

In Malaga nahmen wir eine Ladung Lumpen, Früchte und Wein und 75 Passagiere nach New York auf. Kein Ziel hätte mehr zufriedenstellender für mich sein können, die Vereinigten Staaten waren für mich das Gelobte Land meiner jugendlichen Hoffnungen.

Bild : Malaga um 1850, Lithographie aus unserer eigenen Sammlung.

Das Schiff segelte gut, und wir befanden uns 800 Meilen von der Küste entfernt, nachdem wir 25 Tage unterwegs waren. In der Nacht des 25. Tages, um ungefähr 10 Uhr abends, wurden alle Männer an Deck gerufen. Es war meine Wache unter Deck, und als ich an Deck kam, sah ich eines der größten Naturspektakel.
Unser Schiff ging vor Wind unter Leesegel. Auf der Steuerbordseite, in Nordwest, befand sich eine immense Wolke, dunkler als die düsterste Dunkelheit die ich je gesehen habe. Dann und wann spalteten Blitze sie in zwei Teile. Für einen Moment konnten wir durch die Lücke die hellerleuchteten Sterne sehen und den blauen Himmel, und dann war wieder alles dunkel.
Noch inmitten der Dunkelheit, und schon unter der Wolke, konnten wir den Schaum des stürzenden Meeres sehen, welches sich unregelmäßig hob, als ob die wütende Kraft von unten käme, und nicht von oben.
Und dann tobte der Donner, kurbelnd und rollend, als ob die ganze Artillerie des Himmels und der Erde zusammenkämen. Und im nächsten Moment war alles wieder totenstill. Und dann konnten wir das Zischen der Gischt hören, als ob sie vom Wind gepeitscht würde, pfeifend als ob es die Wellen quälte mit einem übernatürlichen Schrei.

Im Angesicht dieser beängstigenden Massen aus Wind, Wolken, Donner und Blitzen, die sich uns windwärts näherten, segelte unser Schiff auf seichter See. Es war Vollmond, und außer dieser einen Wolke war nicht ein einziger Fleck an der Weite des Himmels, als schütze er die kleinen leuchtenden Sterne, die wie das Lächeln kleiner, zum Himmel gerufener Kinder schienen.

Bild : Männer an Deck im Sturm , eigene Postkartensammlung

Auf der Leeseite war alles ruhig und gelassen. Plötzlich kam eine Flaute - wir holten bereits die Segel ein mit aller Geschwindigkeit, die wir zustande brachten. Die Leesegel wurden an Deck geholt - die Flaggleine hatten wir unterdessen schießen lassen. Die oberen Segel flogen, und alle Männer zogen die Fallen und Brassen ein.
„Jetzt, jetzt meine Jungs seid behände, holt ein die Royalsegel, fiert die Topgallants und die Topsegel, seid bereit die Masten umzulegen und die Bäume zu kappen. Schnell, schnell, oder der Sturm wird über uns sein ", schrie mein Onkel, und jedermann gehorchte mit Bereitwilligkeit, im Bewußtsein der Bedeutung seiner eigenen Aufgabe. Der Klüverbaum war bereits zerstört worden und ich stand auf dem Achterdeck.

Bild : Schiff im Sturm, Quelle : eigene Postkartensammlung

„Tunis“, sagte mein Onkel, „wenn irgendetwas heute Abend passieren sollte, und ich liebe mein Leben, so nimm mein Taschenbuch, welches in der Achterkajüte ist, und gib es meiner Frau. Ich hatte letzte Nacht einen Traum, und habe alles fertiggemacht. Ich wußte, es würde etwas passieren.“

Die dunkle Wolke kam näher und näher. Es schien, als legte sich ein dunkler Vorhang über den Himmel als sie heranzog, nur daß sie oftmals durch beängstigende Blitze erleuchtet und durch übernatürlichen Donner geschüttelt wurde. Sie hatte sich über eine riesige Entfernung genähert seit wir an Deck waren, und war nun nur noch eine Meile entfernt.
Das Meer, auf dem unser Schiff segelte, wurde gewaltig und unregelmäßig aufgewühlt von den Rammstößen der anrollenden Wellen. Alle Männer kamen herunter an Deck, außer denen im Hauptmast.
„Hans, es soll uns angreifen“, sagte mein Onkel zum Steuermann, „lege das Ruder hart ein und halte den Bug in die Böe.“
Nun war alles totenstill. So dachte ich wenigstens, da ich nichts hörte, außer meines Onkels hartem Atem und das Schlagen meines eigenen Herzens. Da waren keine Blitze, kein Donner und der Wind schien eingeschlafen zu sein. Das Schiff wand sich, wie ein Elender auf einem unbequemen Lager.
„Sage den Männern sie sollen von oben herunterkommen“, sagte mein Onkel mit leiser Stimme, und jedes Geräusch war deutlich wie Donner zu hören. Es war kein Geschrei zu hören. Die Spannung versiegelte alle Lippen.
Die Ruhe hatte nur ein oder zwei Minuten angedauert, aber sie schien wie eine Ewigkeit. Wir waren nun eingeschlossen in dichte Düsterkeit. Nichts konnte man auch nur annähernd erkennen. Alle schienen mit Blindheit geschlagen.
Plötzlich explodierten die Blitze wieder und zersprengten die Wolke, als ob sie nur ein Spinnennetz gewesen wäre. Durch die Kluft konnten wir wieder den klaren, blauen Himmel und seinen Mantel aus Diamanten sehen.
Für einen Augenblick schien es, als ob die Düsterkeit gebrochen wäre und die Fragmente an den gegenüberliegenden Seiten des Universums hingen.
Dann näherte sich ein langsamer Aufruhr, und dann begann der Umschwung. Da brüllte, krachte und vibrierte der tieftönende Donner, zerrüttete die Umgebung mit seinen millionen Echos. Dann erhob sich ein mächtiger Wind und das Schiff erbebte.
Zwei Männer, die noch nicht das Deck erreicht hatten, wurden aus der Haupttakelage gefegt, und wir konnten ihnen keine Hilfe leisten. Wir hörten kein Geräusch, als sie in die Wellen eintauchten, aber ein erneuter Blitz ließ zwei dunkle kämpfende Flecken inmitten der Gischt erscheinen, die keinen Halt fanden. Wir wußten sie waren Freunde, aber wir konnten ihnen nur hinterherstarren.

Dann kam ein starker Regen, und für einen Moment beruhigte dieses Wasser den Ozean. Aber der Wind nahm wieder zu, und peitschte ihn ein weiteres Mal zu Gischt.

Es folgte das Durcheinander, die Durchnässung und das Zittern und jeder Mann schien in sich zusammenzukauern. Niemand sprach, alle starrten, und man sah ihnen den Horror in den Augen an.

Wieder kam ein gewaltiges Gewitter über uns zusammen. Es fühlte sich an, als ob es mich berührte, als es vorbeizog. Der Hauptmast zersplitterte in tausend Teile noch bevor die Männer reagieren konnten. Dann waren alle wieder wach und der Regen fiel in größer und größer werdenden Tropfen.
In einem ruhigen Moment schrie plötzlich jemand: „Das Schiff brennt !!!“
Aber noch bevor dieses verhallt war, brachten ein weiterer Blitz und ein Schwall Wassers das Schiff zum kentern. Alle waren angeschlagen, außer meinem Onkel. Er war ruhig und so entschieden wie immer.
„Vier Männer an die Pumpen. Der Rest räumt das Deck. Hans geh nach vorn !“, sagte er. Nicht in einem lauten Ton, aber jedes Wort wurde mit Grabesruhe aufgenommen. Dann fügte er hinzu: „Nagelt die Luken zu, laßt keine Luft druntergehen.“
Bevor dies geschehen konnte, eilten die Passagiere an Deck. Einige waren angezogen, andere nur halbbekleidet, aber viele nackt. Es schien, als spräche jeder eine andere Sprache. Rettet mich, schrien die Jüngeren.
Aber viele der Alten schauten nur in Stille.
Es gab einen alten Mann, der die Verantwortung für einen kleinen Jungen trug, er ging zu meinem Onkel und sagte: „ Gib diesem Jungen einen Platz in dem Boot, ich werde hier sterben.“ Er war ein alter, ernster Franzose, der auf der Suche nach einem Land im Frieden auswandern wollte.
Wenige, sehr wenige, beteten. Die meisten von ihnen fluchten, und nur sehr wenige nahmen ihr drohendes Schicksal mit Festigkeit an.
Die Frauen brachten am wenigsten Unruhe.
Mein Onkel blieb weiter ruhig. Seine Aufmerksamkeit galt nur dem Schiff, da er wußte, daß nur das Schiff sie retten konnte.
Die Männer an der Pumpe erkannten, daß das Schiff ein Leck hatte und viel Wasser nahm. Im selben Moment kam ein erstickender Rauch aus der Zwischendeckluke, welche von einem der Passagiere aufgerissen wurde, einer Frau, die ihr Kind untengelassen hatte.
Mein Onkel sah nun, daß alle Hoffnung verloren war und befahl die Boote fertig zu machen.
Der Steuermann stand bei den arbeitenden Männern mit einer gezogenen Machete, und schwur den ersten Mann niederzuhauen, der sich ohne Befehl entzog. Mein Onkel schickte mich hinunter, um seine Pistolen zu holen, und sagte, er würde jeden Mann erschießen, der einen Schritt ohne sein Kommando wagte. Diese Waffen hatten ihren erwünschten Effekt und alle gehorchten in Stillschweigen. Jedes Zucken der Blitze zeigte die ängstlichen Gesichter und trüben Augen dieser Wartenden, aber niemand von ihnen bewegte sich oder klagte. Alle schienen den gleichen Gedanken zu haben, und dieser lautete Hoffnung.

Der Sturm ließ nicht nach und der Rauch wurde zu immer stärkeren Schwaden.
„Tunis“, sagte mein Onkel zu mir, „spring in das Boot und verstaue den Proviant so, wie dieser angereicht wird !“
Dann drehte er sich zu dem alten Mann, der zu ihm gesprochen hatte, und sagte: „Bring‘ den Jungen her und setze ihn in das Heck des Bootes, um Tunis zu helfen.“
Der alte Mann antwortete mit einer Verbeugung, und der kleine Junge wurde gebracht. Gerade als er über das Schandeck geklettert war, machte das Schiff einen gewaltigen Ruck, und das Meer nahm die Reling und das Boot, und mich, und den Jungen; wir wurden über die Seite davongetragen.
Die Taue rissen, als ob sie nur Fäden wären. Wir hatten keinen Proviant und kein Wasser. Wir schrieen, aber in dieser Aufregung konnten unsere Stimmen nicht gehört werden. Manchmal waren wir so nahe am Schiff, daß man uns sehen konnte, - ein Tau hätte jetzt sehr einfach zu uns herrübergeworfen werden können - um wiederum im nächsten Moment, mitten auf einer hohen Welle reitend, von jeglicher Hilfe abgeschnitten zu sein. Wieder näherten wir uns dem Schiff, aber nur, um danach wieder noch weiterab zu geraten.

Noch immer hatte der Hurrikan nicht nachgelassen, aber die Dunkelheit erschien weniger dicht, und für einen Moment konnten wir geisterhafte Gesichter erkennen. Einige trugen den Ausdruck von Entsetzen, einige von Verzweiflung, aber keines von Hoffnung.
Wir sahen nun das Licht wie weniger gedämpfte Dunkelheit von unten kommend. Es nahm jede Minute zu, und zerbarst dann plötzlich in einem langen Strahl von Flammen. Dann wurden aus dem Strahl viele kleine Feuer, wie eine zerrissene entrollte Flagge.
Der Sturm wütete immer noch, und die Wellen drohten jeden Moment das Boot zu verschlucken.
Die Flammen erstarkten aufs Neue, begleitet von jenem beängstigenden Gewitterregen. Es schien, als ob der Donner all seine Kraft für diesen Moment gesammelt hätte und dröhnte noch ohrenbetäubender. Wind, Regen, Sturm und Meer schienen im Widerstreit miteinander zu stehen, zuletzt sah ich nichts mehr und hatte nur den einen Gedanken, und der war Donner.
In einem Moment war alles vorbei und das Schiff war Teil einer blassen Flamme. „Dann kreischte der Schüchterne und der Mutige stand still“, an Bord des schicksalbestimmten Schiffes.
Mut, Geschicklichkeit, Erfahrung waren ohne Wert. Die Würfel waren gefallen, und der nächste Windstoß stürzte sie unter die See.

Der Sturm tobte noch immer, aber durch all die sich übertönenden Geräusche erhob sich plötzlich „der durchdringende Schrei eines kraftvollen Schwimmers in seinem Todeskampf “.

Nun verstummte der Donner, und das schrille Pfeifen des Windes sank in ein tiefes und unirdisches Ächzen. Die Blitze wurden weniger bedrohlich und der Donner schien vorbei, als die dunkle Wolke Richtung Süden zog.
So plötzlich der Sturm auf das Schiff eingedrungen war, so schnell verließ er das Wrack auch wieder.
Als wäre er sich der Verwüstung bewußt, die er hinterließ, und wünschte schnell von der Bildfläche zu verschwinden. Unser kleines Boot wurde hin und her geschleudert von der Zerrissenheit der Wasser, manchmal von Wolken umhüllt, manchmal vom nassen Tal zwischen zwei Wellen.
Wir sahen eigentlich garkein Wasser. Es war alles nur Gischt, aber dann traf uns ein Ruder des Wracks, und dann kam der Schauder, die plötzliche Verzweiflung, und wiederum das Aufkeimen der Hoffnung, weil das Boot hielt, und immer noch stieg und mit den Wellen fiel.
Bis zu diesem Zeitpunkt hatte mein Begleiter noch nicht gesprochen.
Der Sturm legte sich, und zur Luvseite sahen wir wieder die Sterne und den Himmel. Einige Momente später war unser Feind zur Leeseite entschwunden.
Der Mond schien so hell wie zuvor. Die See wurde wieder still, und außer nur eines einzigen Umstandes schien sich garnichts verändert zu haben:
Das geliebte Schiff war fort, und die Oberfläche des Meeres war mit seinen Trümmern übersät. Von den hundert Herzen, die zwei Stunden zuvor aus vollster Hoffnung schlugen, blieben nur zwei, und diese waren die schwächsten.
Nachdem der Sturm erstarb, fielen ich und mein Begleiter, überwältigt von Anstrengung, in Schlaf, und sicher war kein Schlaf süßer als der meine. Meine Träume handelten nicht von Schmerz, sondern von Freude.
Ich erwachte, und dachte, ich hätte einen schrecklichen Traum eines Schiffbruchs, von Feuer und Sturm gehabt.
Die Sonne stand hoch am Himmel, und ich war hocherfreut, als ich erwachte und meinen Verstand vermeinte nur eine schreckliche Phantasie zu wiederholen.
Ach, ach, warum hielt dieser Wahn nicht an !
Ein Moment war genug um mich von der Wahrheit zu überzeugen, und ich war entsetzt.
Mein Begleiter, Felix Montenon, war noch nicht erwacht. Ich ließ ihn weiterschlafen, und hoffte, seine Ruhe würde nie unterbrochen.
Wir waren immernoch umgeben von Teilen des Wracks, und ich schaute besorgt nach Ausrüstung aus.
In einiger Entfernung sah ich einen englischen Schinken. Wir hatten ein Ruder mit uns, und mit all meiner Kraft schaffte ich es, den Schinken zu erreichen. Das Geräusch meines Ruderns erweckte Felix, der wie von einer anderen Welt schien.
Er fragte, wo er war, wo sein Großvater, wo das Schiff, wie er hierher gekommen wäre, und tausend weitere Fragen, alle Kennzeichen für den Verlust seiner Erinnerung. Es war eine Sache weniger Sekunden, unsere Situation zu erklären und ihn zur Besinnung zu bringen.

Als wir dann ein weiteres Ruder aufnahmen, und das Kompaßhäuschen treiben sahen, näherten wir uns diesem und fanden den Kompaß.
Nach großer Anstrengung, holten wir erfolgreich das Royalgroßsegel und eine Rahe an Bord und breiteten es zum Trocknen aus. Wir sahen keinen weiteren Proviant mehr, außer einiger mit Salzwasser durchweichter Kekse.
Wir fanden kein Wasser und keinen Wein, und mit dem dürftigen Vorrat an Schinken und ein paar durchweichten Keksen trieben wir verloren auf offener See, 800 Meilen vom Land entfernt.

Dies war das Schicksal des unglücklichen Schiffes Friendship, auf dem ich zuerst segelte. Viele Jahre lang glaubtest Du, sie sei gesunken oder von Piraten oder Freibeutern gekapert, und als ich nach Hause kam, erzählte ich meiner Tante, daß das Schiff auf See verbrannt sei, und alle außer mir umgekommen wären.
Ich weigerte mich, mehr darüber zu erzählen, damit ich nicht von der Geschichte meines anschließenden Lebenslaufes betrübt würde, und dies ist das erste Mal, daß ich von den ganzen Begebenheiten berichte.

Glücklicherweise hatte ich mein Messer dabei, als ich über Bord gespült wurde. Felix hatte keines. Ich nutze die Takelage und kleine Fragmente des Wracks, die ich aufgesammelt hatte, um das Royalsegel in ein passendes Segel für unser kleines Boot umzuwandeln. So ausgestattet steuerten wir in Richtung Westen und nutzen dabei einen der Riemen als Ruder. Wir redeten nicht viel, und Felix war gelehrig im Umgang mit unserem kleinen Fahrzeug.
Wir hofften bei günstigem Wind in vier bis fünf Tagen irgendeine Küste zu erreichen, aber wir wurden zutiefst enttäuscht.
Am Abend des zweiten Tages, bei Sonnenuntergang, kam eine Brise von Westen her auf. Wir steuerten dann südlich, und unsere einzige Hoffnung war, daß wir vielleicht auf ein Schiff treffen würden.

Da wir in den ersten Tagen ein wenig Regen hatten, litten wir nicht zusehr an Durst, aber so sparsam wir auch mit unserem Schinken umgingen, hatten wir am Ende des fünften Tages doch schon dreiviertel davon gegessen. Wir sahen auf den Rest, und entschieden uns, ihn gerecht aufzuteilen. Vier weitere Tage lang lebten wir von unseren Vorräten, dann war alles aufgebraucht.
Wir hatten kein Schiff gesehen, und nun kam die grausame Aussicht auf Hunger.
Am Morgen des zehnten Tages bei Tageslicht sahen wir ein Schiff in ungefähr zwölf Meilen Entfernung südwestwärts fahrend, so hart am Wind liegend wie möglich. Dadurch ermutigt, vergaßen wir unseren Hunger und ruderten mit all unserer Kraft. Für einige Zeit schien es, als ob wir uns näherten, aber wir konnten sie nicht auf uns aufmerksam machen. Den ganzen Tag arbeiteten wir hart, hatten aber weder Essen noch Wasser.

Obwohl unter einer stechenden Sonne arbeitend, welche uns Blasen in die Gesichter und auf die Hände brannte, fühlten wir weder Müdigkeit noch Hunger noch Durst. Besorgnis, Hoffnung und Anspannung hatten alle diese Gefühle verdrängt.
Als es Nacht wurde verloren wir das Schiff aus den Augen. Wir weinten heftig, und beteten ehrlich zu Gott, daß er uns retten möge. Wären wir erhört worden, so glaube ich, ich wäre ein guter Mensch geworden, wäre nach Hause zurückgekehrt und wäre bei meiner Mutter geblieben. Aber dieses geschah nicht. Nun kamen die heftigen Schmerzen des Hungers, und die Qualen von starkem Durst. Ich dachte Felix würde sterben. Im Licht des Mondes sah ich ihn liegen und keuchen, seine Zunge hing aus seinem Mund, seine Augen standen hervor, und er war nicht in der Lage zu sprechen.
Bald darauf aber war der Himmel bedeckt, und es ergab sich ein heftiger Regenschauer ohne Wind.
Unser Segel war gehisst, und da Felix sich nicht bewegen konnte, platzierte ich ihn, unter größter Anstrengung durch Ziehen und Drehen dorthin, wo die Regentropfen in seinen Mund fallen konnten. Er erholte sich, und nach einem Gebet schlief er ein.
Nachdem ich meinen eigenen Durst gestillt hatte fühlte ich mich nicht sehr hungrig, und beobachtete meinen Begleiter diese Nacht mit väterlicher Fürsorge. Ich malte mir seine dankbare Hingabe an das Leben aus, wenn Gott uns nur eine glückliche Heimreise schickte. Ich fühlte die Zufriedenheit, die aus Wohlwollen, Uneigennützigkeit und Selbstverleugnung erwächst.
Am elften Tag, nachdem wir das Schiff aus den Augen verloren hatten, änderten wir unseren Kurs, und legten uns so hart an den Wind, wie es unser Segel nur erlaubte, und segelten nordnordwest. An diesem Tag schien Felix vollkommen genesen.
Wir begannen nun unsere Schuhe zu zerschneiden, und kauten einige Kieferholzstücke, die im Boot lagen. An diesem Tag regnete es nicht, und die Nacht brachte keine Erholung. - Dieses wiederholte sich für, ich weiß nicht mehr wie viele Tage.

Er sprach nur wenig, und wir beide schienen jeder für sich einen schrecklichen Plan zu schmieden. Keiner von uns erzählte seine Gedanken, aber wir verstanden uns stillschweigend. Für Stunden und Stunden beobachteten wir uns mißtrauisch gegenseitig. Keiner von uns traute sich zu schlafen. Unser Boot war der Gnade des Windes und der Wellen überlassen, obwohl, wenn meine Erinnerungen nicht täuscht, es herrschte zu dieser Zeit eine Flaute.
Ich saß im Heck und Felix im Bug. Wir hatten nur ein Messer, und das war meines.
Ohne lange Rücksprache gab jeder abwechselnd das Messer dem Anderen. Der Besitzer des Messers schlief. Der Unbewaffnete hielt so weit wie möglich Abstand. Wir waren fast gleichstark; vielleicht war ich etwas überlegen. Nicht ein Wort bezüglich unseres gegenseitigen Vorhabens war bisher gefallen.

Ich betete für den Tod, aber ich hatte nicht den Mut über Bord zu springen.
Felix wollte leben - er hatte eine Schwester in Malaga, eine Waise.
Gott verspottete uns.
Eines Tages, als das Messer in meinem Besitz war, sah ich, daß Felix schlief. Erst dachte ich, er wäre tot, aber das leichte Heben seiner Brust und die vereinzelten Zuckungen sagten mir, daß er lebte. Ich wünschte er wäre tot, als ich mich leise zu ihm stahl. Er schlief immer noch, und für einen Moment erleuchtete ein Lächeln seine eingefallenen und durchscheinenden Gesichtszüge. Einen Moment länger - Hunger, Durst und Todesqual hatten mich noch verzweifelter gemacht - und ich stieß mit aller Kraft die ich hatte das Messer in sein Herz.
Das Blut strömte langsam, aber besorgt darüber, etwas davon zu vergießen, stülpte ich meinen Mund über die Wunde und trank gierig von dem Strom des Lebens. Er kämpfte im Wahn - aber er war zu schwach um mich abzuwerfen.
Er schien sich seiner Wunde nicht bewußt, und war wie in einem süßen Traum gefesselt.
Er umarmte mich fest, und öffnete sein dunkles, ruhiges Auge - einst war es ein heller Stern - bewegte seine Lippen in Richtung meiner Schulter und sagte auf Französisch: „Meine Elise, meine liebe Schwester, am Ende bin ich bei dir !“.
Einen Moment später, und ich war das einzige lebendige Ding, das von Malaga auf jenem todbringenden Schicksalsschiff hierherkam.
Ich hatte mich nun sattgetrunken und strebte danach die Wunde zu stillen, da diese zu wertvoll war um sie verderben zu lassen. Bald aber kam die Übelkeit, das Unwohlsein. Ich hatte zu viel getrunken, und die Natur spuckte das Übermaß aus, das mein Hunger und Durst ihr aufgeladen hatten. Danach wurde ich ohnmächtig, und, nachdem ich ohnmächtig gewesen war, schlief ich ein.
Wie lange ich schlief, weiß ich nicht. Es mag ein Tag gewesen sein - meine Träume ließen es wie eine Ewigkeit erscheinen.
Vor dem Tod von Felix war mein Schlaf süß, und meine Träume voller Fröhlichkeit.

Nun war mein Schlaf schwer, meine Träume waren voller bebender Meere aus Feuer, bevölkert mit Monstern jeder schrecklichen Mißgestalt. Einige hatten Köpfe so groß wie Berge, Augen wie Vulkane, Haare aus Schlangen, und Zähne aus Speeren.
Andere wiederum waren so klein wie Kaulquappen, die in den vertrockneten Sümpfen in warmen Ländern schwimmen. Aber warum sollte ich versuchen diese Dinge zu beschreiben, die sogar für meine Vorstellung zu schrecklich waren.
Nach einiger Zeit erwachte ich.
Während meines Schlafes hatte es geregnet. Felix's Körper war in einem Zustand halber Verwesung. Aber mein Hunger war so übermächtig, und ich aß tüchtig und heißhungrig vom Körper meines Begleiters.

Wieder bäumte sich meine Natur auf, wieder schlief ich ein, wieder lebte ich in der Ewigkeit meiner Träume.
Als ich erwachte wehte der Wind frisch aus Nordost. Auf, auf ! mein Schiff flog vor dem Sturm. Das Segel, welches ich gehisst hatte, hob mein Boot fast aus den Wellen. Bald danach regnete es erneut. Ich trank und fühlte mich erholt.
Der Wind wurde stärker und stärker, und das Meer wurde erneut zu turmhohen Wellen aufgepeitscht. Das Boot hielt noch, obwohl ich hoffte, daß es überschwemmt würde. Das Meer tobte wie ein Wasserfall.
Das Boot bewegte sich nun auf einem Wellenkamm, und als ich windwärts blickte, da sah ich ein wunderschönes Fahrzeug, getakelt wie die Brigg einer Hermaphrodite.
Ich hatte nie zuvor etwas gesehen, das so galant und stolz durch die Wellen ritt, und ich dachte zuerst es wäre eine Täuschung. Ein weiterer Blick, und ich erachtete es als eines dieser übernatürlichen Dinge, von denen Seemänner in ihren mitternächtlichen Geschichten erzählen. Es ritt über die Wellen, als ob der Sturm sein Busenfreund wäre. Es wetteiferte mit dem Wind und tollte mit dem Sturm. Der Eindruck wurde übermächtig, und nocheinmal wurde ich bewußtlos.
Mein Erwachen eröffnete mir eine neue Welt. Ich war an Bord dieses märchenhaften Schiffes, welches Naranjos genannt wurde. Ich wusste nicht, wie ich dort hingekommen war, und auf diese Weise begann ich dort eine neue Laufbahn.
Ich habe mich nun hier lange mit der Geschichte von der Friendship aufgehalten, um Dir zu zeigen, wie ein Herz heranreifte, das einst vor jedem Anflug von Bösem erschauerte.

Meine Erzählung wird sich hier natürlich verzweigen, und ich werde die stürmische Laufbahn, die ich seither verfolgte, zu einem anderen Zeitpunkt detailliert beschreiben.
Die Geschehnisse, von denen ich nun berichten werde, enthalten nur wenig von der heiteren Seite der Lebens, aber daß sie überhaupt erzählt werden, mag eine ausreichende Rechtfertigung für ihren Bericht sein.
Überdies gebe ich damit nur Deinen eigenen Wünschen nach, wenn ich darauf eingehe, und nicht der armseligen Eitelkeit, welche die kennzeichnende Eigenschaft kleiner Narren ist, wenn ich versuchte mich selbst zu verherrlichen, indem ich die dunklen Szenen wiedererzählte, in denen ich der Hauptdarsteller war.

Indem ich dieses Kapitel abschließe, überkommt mich wieder der seltsame Gedanken, daß mein Schicksal besiegelt ist. Wenn ich nicht den Mut und das Herz haben sollte diese Erzählung zuendezubringen,
so sage ich hiermit Lebewohl.

Cornelius T. Wilhelms

Kapitel 5
Wilhelms an Bord der Naranjos.

Ein lebend Wesen streicht es durch die Flut,
Und bietet Trotz der Elemente Wuth.
Wer möchte Schlachtenfeu'r und Schiffbruch scheu'n
Kann Herr er des bemannten Deckes sein ? -

(Lord Byron, The Corsair
hier aus dem Englischen übersetzt von
Friederike Friedman;
Leipzig, FA Brockhaus 1852)

Nach einigen Tagen hatte ich mich soweit erholt, daß ich an Deck gehen konnte. Alles war mir fremd. Die Besatzung sprach Sprachen, die mir vollkommen unbekannt waren. Einige sprachen Englisch, aber die meisten waren Spanier.
Der Kapitän winkte mich nach hinten, und fragte mich auf Französisch, woher ich käme. Ich war in der Sprache soweit bewandert, um Malaga zu antworten. Er stellte mir weitere Fragen, aber ich verstand deren Sinn nicht. Ich erzählte ihm nur, daß ich aus Föhr kam.
Dann sprach er Deutsch, und auf seine Frage hin erzählte ich ihm, wie ich in die Lage gelangt war, in der er mich vorfand. Ich berichtete nicht vom Tode Felix', aber er schien darüber im Bilde zu sein. Er sagte mir, daß ich hier seine Befehle befolgen müßte, und daß er, wenn ich es wünschte, mich sobald wie möglich an Land bringen würde. Er versprach mir seinen Schutz, gab mir reichlich Kleidung und schickte mich dann zum Rest der Besatzung.
Es wäre unmöglich, Dir von der Naranjos zu berichten. Tatsächlich besitze ich nicht mehr die Hand eines Illustrators mit der Freude an einer lebensechten Abbildung. Die hellen Visionen, die einst meine Erinnerungen füllten, kommen und gehen nicht mehr auf meinen Befehl.
Aber wenn irgendetwas sie mir heraufbeschwören könnte, so wäre es die Erinnerung meiner Gefühle, als ich zum ersten Male die Schönheit dieser Brigg sah. Ihre Decks waren so weiß wie Schnee; nicht ein Kratzer war in der Farbe zu sehen, und jedes Holz war so fest und eben, als ob es gerade aus der Hand eines begabten Schreiners eingesetzt wäre.
Die Taue und Takelagen waren in meisterhafter Präzision aufgeschossen; nicht eine lag in verschiedenen Turns als die andere. Die Ersatzteile waren mit solch einer Sorgsamkeit verstaut, mit der nur eine Hausfrau ihr Leinen packt; auch die Boote waren sehr ordentlich verstaut.
Darüberhinaus strahlten ihre Kanonen, von denen sie insgesamt 19 hatte, aus poliertem Messing, und sie schienen so hell, daß sie mein ungewohntes Auge blendeten. Zwischen ihrem Vor- und Großmast befand sich auf einem Drehgelenk eine Kanone, die eine 32-Pfund Kugel fasste.

Diese Kanone, welche die Anzahl ungerade machte, war auf eine Lafette montiert, die sich im Kreise drehen ließ und war so konstruiert, daß sie in wenigen Sekunden außer Sicht gebracht werden konnte.
Die Besatzung schien von äußerster Disziplin, und alle waren mit ihren jeweiligen Aufgaben beschäftigt mit einem Eifer, der willige Unterordnung erkennen ließ.
Vier ihrer Kanonen waren im Bug, zwei auf dem Vierteldeck und der Rest auf dem Mittschiff.
Das Schiff war lang, niedrig im Mittschiff, und lag tief im Wasser. Es war sehr breit und der Bug hatte die Form eines Pfeiles. Alles in allem schmiegte sich nie zuvor ein schöneres Schiff in den Schoß des großen Ozeans.
Die Masten ragten hoch auf und verjüngten sich, bis sie wie Nadeln aussahen, und sie ragten über das Heck des Schiffes hinaus.
Der Vormast trug ein Skysegel und der Hauptmast hatte ein Topgallant-Gaffelsegel. Jedes Tau war „beinhart dichtgeholt“ und die Rahen fügten sich an die Masten, als hielten sie durch Magnetismus.
Nichts war durcheinander. Kein Tau oder Segelstreifen hing aus der Takelage herab, und die Segel waren so weiß, wie die Flügel der Möwen. Ihre Seiten waren sehr ordentlich in einem glänzenden schwarz gestrichen, mit einem sehr dünnen weißen Band, und die Geschützpforten paßten sich so gut ein, daß ein Beobachter die Nähte selbst aus wenigen Metern Entfernung nicht wahrnehmen konnte.
Von See aus sah sie sicherlich sehr zerbrechlich und zart aus, aber an Deck waren ihre Planken von ungewöhnlicher Stärke.
Dieses war das Schiff, auf dem ich unabsichtlich für Wohl und Wehe eingeschifft war. Instinktiv erkannte ich seine Bedeutung. Es war das, was meine Phantasie sich in meinen Kindheitsträumen ausgemalt hatte.
Der Kapitän war ein Mann unterdurchschnittlicher Größe, hatte eine helle olivfarbene Hautfarbe, dunkle funkelnde Augen, und trug weder Backenbart noch Schnauzbart. Seine Umgangsformen waren sanft und gewinnend; in der Tat, er war, bei allem Respekt, ein Mann den man Lieben konnte.
Er bewegte sich mit der Gewandtheit und Anmut eines Hirsches, aber zur gleichen Zeit mit der Würde eines Monarchen.
Seine Gestalt war ein perfektes Muster männlicher Schönheit, hatte aber keinen Anklang von Grobheit oder Anstößigkeit. Er war sehnig, muskulös und knochig, mit genug Fleisch, um ihm ein vollkommenes Aussehen zu verleihen.
Er pflegte keine Konversation mit niemandem, außer mit dem zweiten Kommandanten, und auch hier nur soviel, daß es ausreichte das Schiff zu führen.
Ich sah ihn nie lächeln, außer in Situationen, die ich später beschreiben werde, und man sah ihm auch niemals Traurigkeit an. Sein Gesichtsausdruck war gedankenverloren, bestimmt, entschieden; gelegentlich, wenn nötig, setzte er eine strenge Miene auf, die die Männer gefügig machte.

Normalerweise war er in die teuersten Anzüge gekleidet, und schien für den Zeichensaal hergerichtet.

Das war Don Juan de Langara, ein Mann, der nun fast vergessen ist, aber zu seiner Zeit war er „der Mutigste der Mutigsten“.

Sein Leutnant war nur ein Abziehbild seiner Geisteskraft, Schönheit und Vornehmheit. Seine Besatzung setzte sich zusammen aus den zu allem entschlossendsten und verzweifeltsten Seelen, die die Welt je hervorbrachte.

Kapitän Langara mag vielleicht 40 Jahre zu diesem Zeitpunkt alt gewesen sein, aber er hatte keine Furche auf den Wangen noch ein einziges graues Haar zwischen seinen schwarzen Locken. Ich sah niewieder jemanden ihm gleichen in Geschick, Unerschrockenheit oder Führungstalent.

Es gab keinen Mann an Bord, der nicht für ihn gestorben wäre, obwohl er mit vielen nie ein Wort gewechselt hatte, außer beim ersten Gespräch zum Dienstantritt.

Während der ersten Wochen meines Lebens an Bord hatte die Naranjos keine außergewöhnlichen Zwischenfälle erlebt. Wir waren der gleichen Disziplin eines englischen Kriegsschiffes unterworfen, mit der Ausnahme, daß unser Proviant besser war, die Quartiere komfortabler waren und es bei zwei Wachen unter Deck nur eine auf Deck gab.

In der Zwischenzeit hatten wir ein gutes Miteinander, und rückblickend war dies die glücklichste Zeit meines Lebens.

Das Ende dieses Jahres jedoch gipfelte in einem Zwischenfall, von welchem, da es mein erster war, es sich lohnt zu erzählen.

Zwischenzeitlich waren wir einige Male in Havanna eingelaufen, und auch in anderen spanischen Häfen gewesen.

Bild : Der Hafen von Havanna, Quelle : eigene Postkartensammlung

Im Dezember segelten wir in Richtung Bermuda, und eines Morgens sahen wir windwärts ein Schiff.
Wir gaben Signal, auf das sie reagierten. Als wir uns dem Schiff näherten hissten sie die amerikanische Flagge; wir hissten die spanische Flagge und warteten darauf, daß sie längsseits kämen.
Da holten wir in Sekundenschnelle die spanische Flagge ein, und hissten die schwarze Flagge. Nur einen Moment später war die Kanone fertig.
Ich wußte, wir würden das Schiff übernehmen, hatte aber nie zuvor eine feuernde Kanone gesehen.
Ich hörte keine Kommandos, aber im nächsten Moment hörte ich das Donnern der Kanone. Bevor das Geräusch verklang, noch bevor ich meinen Kopf herumdrehen konnte, fiel der Vormast des Schiffes auf die Seite. Es schien nicht, als sei jemand verletzt worden, und sie drehten sofort ihr Ruder ein und kamen in Rufweite.

Bis jetzt hatten sie noch kein Anzeichen von Gegenwehr gezeigt, und wir dachten es wäre ein einfacher Sieg. Wir feuerten nicht nocheinmal, und sie holten ihre Flagge ein.
Kapitän Langara rief sie an, aber anstatt zu antworten streckten über 40 Männer ihre Köpfe über die Reling und beschossen uns mit Musketen.
15 unserer Männer waren entweder tot oder verwundet. Langara selbst brach sich einen Arm durch eine Kugel.
Der Rauch der Musketen war noch nicht verzogen, als sechs Geschützpforten des Schiffes aufflogen und wir beschossen wurden, wovon 4 Schüsse das Schanzkleid unseres Schiffes trafen, und es zerstörten. Sie brachten uns aber keine anderweitigen Schäden bei.
Das Ganze geschah in weniger Zeit, als ich brauche, um davon zu erzählen. Bis jetzt hatten wir nur einmal gefeuert.
Alle Männer waren an Deck, und die Kanone bereit zum Abschuss.
Trotz seiner Wunde, gab Langara mit einer Kühle und Gleichgültigkeit seine Befehle, als ob er keinen Feind vor sich hätte.
Als sie sahen, daß wir ihr Feuer nicht erwiderten, brachen die mutigen Yankees in Hochrufe aus. Kein Zweifel, zu diesem Zeitpunkt tropfte bereits das Blut an den Seiten unserer schönen Brigg herunter.
Das gegnerische Schiff hisste erneut seine Flaggen, aber nun lag es für uns in der rechten Position. „ Feuert ! “, schrie Langara, und bevor das Wort verklang, hatte jede Kanone auf das gegnerische Schiff gefeuert.
Sie begegneten unserem Feuer mit Musketen, aber diese hatten keinen Effekt auf uns.
Die Kanone war nun mit Kartätschen gefüllt, und feuerte auf ihr Deck. Die Yankee-Fahne wehte immer noch, obwohl das Blut wie ein Sturzbach durch ihre Speigatten lief.
Wieder tauschten wir Breitseiten aus, mit gegenseitigem Effekt.

„Sie kämpfen wie die Teufel“, sagte der Leutnant, und sicher taten sie dieses, denn auch nachdem bereits drei ihrer Kanonen zerstört waren, wehte der Sternenbanner weiterhin elegant und stolz.
Nachdem wir über eine halbe Stunde so gekämpft hatten warfen wir Enterhaken. Langaras Arm war verbunden, und zwei paar Pistolen steckten in seinem Gürtel, eine Machete hatte er in seiner Hand, und so führte er die Entermannschaft an. Zum ersten Mal, seit ich auf der Brigg war, lachte er, als er auf das Deck seiner Gegner sprang. Er war so ruhig wie immer. Er sah aus, als nähme er das Ganze für einen gewöhnlichen Vorfall.
Der Leutnant fluchte, die Seemänner stichelten und scherzten. Der Widerstand der Besatzung des Schiffes war von Todesverzweiflung geprägt. Zweimal wurden unsere Kommandos zurückgedrängt, und nur durch die Führung des tapferen Langara schlugen wir wirksam zurück.

Ich beobachtete ihn mit Bewunderung. Unsere Besatzung vollbrachte Wundertaten der Tapferkeit. Ihre Gesichter waren rauchgeschwärzt und blutbespritzt.

Alle schienen verletzt zu sein, aber sie kämpften mit der Verzweiflung eines Tigers weiter. Mehrmals stürzte einer von ihnen auf dem rutschigen Deck, sammelte sich wieder und kämpfte mit neuem Mute weiter.

Dieses war eine Stunde der Freude für Langara, der so begierig das dichteste Kampfgetümmel suchte.

Nun begann die Schlacht zu wanken. Es stand Mann gegen Mann - jeder kämpfte mit seinem Gegner.

Dann kam das Schreien, das Fluchen und Jammern. Jeder Kämpfer hatte seinen Feind im Auge. Befehle waren nicht notwendig. Die zusammengebissenen Zähne, das zottelige Haar, und die angespannten Muskeln der blanken Arme der Streitgegner zeigten wie todernst der Kampf war.

Für einen Moment verstummte der Kampf, und die Besatzungen drängten sich zusammen. - Es war leicht zu sehen, daß die Größe der Besatzung des gegnerischen Schiffes die unsere übertraf. Wieder schrieen die Yankees Hurra, und sprangen die Entermannschaft an. Jeder schien es auf Langara abgesehen zu haben, aber der wehrte sie ab als wäre sein Leben durch Zauber gefeit. Schreie beantworteten Hurrarufe, und Hurrarufe antworteten auf Schreie, wenn jemand die Oberhand gewann und seinen Gegner über Bord stürzte. Unsere Männer taten alles, was Tapferkeit und Verzweiflung vermochte, aber es war abzusehen, daß sie nicht die Sieger sein würden.

Bild : Piratenschlacht. Alte Lithographie, aus unserer Sammlung.

Erneut sprang jeder Langara an. Die Aufregung an Bord der Brigg erreichte ihren Höhepunkt, und wir konnten uns selbst nun nicht länger zurückhalten. Mich ergriff Begeisterung, und ich stürzte zur Gangway und sprang auf das Deck des feindlichen Schiffes. Viele andere folgten mir, aber ich stürmte weiter und kurz darauf lag der Mann hinter dem Steuerrad tot vor meinen Füßen.
Wieder sammelten sich die Yankees, nun aber vergeblich; die frischen Kräfte entschieden den Kampf. Sie wurden niedergerungen, holten aber nicht ihre Flagge ein. Sie wehte noch als unser Triumphschrei erscholl.
Langara suchte mich auf, und sprach mir eine Belobigung aus.
Dieses Lob machte mich zum Piraten, einen Glücksritter, oder wie auch immer man es nennen mag. Von diesem Tag bis zur heutigen Stunde kenne ich keine Freude, die so intensiv ist, wie die Begeisterung im Kampfe.
Langara, nachdem er unsere Verletzten an Bord der Brigg geschickt hatte, versammelte die Besatzung des Schiffes in der Kajüte, und erfuhr, daß sie von Charleston kämen und zu einer der französischen Inseln wollten.
Es war nun die Frage, wie man die Gefangenen wieder loswerden sollte. Der Leutnant war dafür, das Schiff zu plündern und es dann anzuzünden und die Besatzung ihrem Schicksal zu überlassen.

Langara dagegen sagte, dieses seien mutige Männer, und wollte ihnen die Wahl lassen auf der Brigg anzuheuern, oder ihr Glück auf dem eigenen Schiffe zu versuchen, nachdem wir alles von Wert ausgebeutet hätten. Dem wurde zugestimmt.

Ihr Mut hatte unsere Bewunderung erregt. Keiner hatte sich ergeben. Niemand hatte um Gnade gebeten. Sie hatten gekämpft bis sie in der Unterzahl waren, und hatten nur aus Erschöpfung aufgegeben.
Langara machte seinen Vorschlag, aber nur einer, ein Engländer, meldete sich freiwillig. Der Rest sagte, sie seien bereit für ihr Schicksal, und lachten Langara ins Gesicht. Sie wurden aufgerufen einzeln an Deck des Schiffes zu kommen, und, nachdem es ihnen erlaubt war sich zu erfrischen, fesselten wir sie. So behandelten wir alle, außer den Kapitän, den wir nicht belästigten, nachdem er uns sein Wort gegeben hatte, keinen der Gefangen zu befreien.
Nun untersuchten wir das Schiff, und stellten fest, daß es nur wenig Wertvolles an Bord hatte. Aber es waren zwei Frauen an Bord, eine war ungefähr 19 Jahre alt, eine hübsche junge Frau, und die andere, ihre Cousine, schien um die 30 zu sein. Beide wurden zitternd an Deck der Brigg gebracht, wo Langara sie mit vollster Aufmerksamkeit bedachte.
Der Leutnant, Bernardo, schlug vor die beiden Frauen zu behalten, aber Langara hörte nicht auf ihn und sagte: „Ihre Beschützer waren mutige Männer und so sollen sie unverletzt zurückehren."
Bernardo tat einen Schritt vorwärts und flüsterte den Männern zu, daß Langara zum Verräter würde. Einige wenige glaubten ihm, aber andere unter ihnen schrien zugleich: „Er lügt!".
Ich war einer von ihnen, wofür er mir ins Gesicht schlug. Es folgte ein Durcheinander, welches aber sofort wieder unterdrückt wurde.
„Bernardo ist ein mutiger Mann, und er läßt seine Feinde niemals Märchen erzählen," sagte einer, und alle pflichteten ihm sofort bei. Die Männer waren wie durch Alkohol erregt und leicht reizbar.
Es wurde beredet gemeinsam zur Kajüte zu gehen und eine der Frauen für das Vorschiff zu fordern, die andere Frau würde dem Kapitän überlassen werden, der mit ihr nach Belieben verfahren könnte, außer sie freizulassen.
Die Verbundenheit zu Langara war eigentlich eine der vorherrschenden Stimmungen, aber Seemänner sind leicht in die Irre zu führen. Es war immerhin abgemacht, daß dem Kapitän die Wahl der Gefangenen vorbehalten sei.
Alle Männer liefen nun nach achtern; ich ging an Deck, und schaute dabei aus einer Entfernung zu, die meinen Unwillen zur Teilnahme an der Meuterei deutlich ausdrückte.
Langara stand neben dem Ruder und sprach mit den Gefangenen, als die Männer anrückten. Einer von ihnen, José, nannte ihre Forderungen. Bernardo stand an seiner Seite, und zuckte nicht. Langaras Augen schossen Blitze, und er fragte: „Hat Bernardo das vorgeschlagen?".
Nie zuvor zeigte sein Verhalten weniger Aufregung, und auch seine Stimme war kaum jemals ruhiger und gefasster. Aber seine Augen traten fast aus ihren Höhlen, und verrieten seinen Zorn.
Zwanzig Männer bejahten seine Frage.

„Dreimal bist du ein Verräter,“ rief Langara mit einer erschreckend strengen Stimme aus, und mit der Beweglichkeit einer Antilope zog er einen Dolch, sprang auf den Leutnant zu und stach ihm ins Herz.
„Schmeißt den Kadaver über Bord, und zurück an eure Arbeit – Antonio ist jetzt der Leutnant!“, sagte Langara mit seiner gewöhnlichen Kühle und die Meuterei war damit beendet.
Nur einen Moment zuvor sah sich noch Bernardo als Herr des Schiffes. Nun sprudelte sein Blut aus dem Herzen heraus und färbte das alte Meer. Es wurde einige Unzufriedenheit unter den engsten Freunde Bernardos geflüstert, aber den Befehlen des Kapitäns wurde sofort gehorcht, und der Betrieb auf dem Schiff ging weiter wie zuvor.
Die Frauen sahen alles mitan und hörten die wenigen kurzen Sätze die gewechselt wurden. Die Ältere kreischte. Die jüngere fiel in Ohnmacht. Bleich und schwach wie Langara durch seinen gebrochenen Arm war, benahm er sich dennoch wie ein Ritter mit unvergleichlicher Anmut.
Unterdessen war das gekaperte Schiff bereits geplündert, und bei der Rückgabe der Frauen entbanden wir den Kapitän von seinem Versprechen und ließen sie ziehen. Von dem Schiff erbeuteten wir 20,000 Dollar in Münzen, einiges an Takelage und Ausrüstung. Bald waren wir außer Sichtweite.

Die Brigg wurde wiederhergestellt, und sah in nur 24 Stunden so gut aus wie neu. Wir stellten fest, daß wir 18 Männern verloren hatten und mit 30 Verwundeten aus dem Kampf gegangen waren. Ungeachtet dessen wimmelte es an Deck des Schiffes immernoch von Männern.

Wegen meines Betragens im Kampfe wurde ich in die Kajüte gerufen, wo der neue Leutnant Antonio mich im Navigieren unterwies.

Von dem Engländer, der freiwillig bei uns angeheuert hatte, erfuhren wir, daß ein Kaperschiff im Hafen von Charleston ausgerüstet wurde, um die Ehefrau des Gouverneurs nach New York zu befördern.

Es stand zu erwarteten, daß das Schiff Truhen voll mit Silbergedecken und Wertgegenständen mitführte.
Langara entschied zu kreuzen und dem Schiff aufzulauern.
Irgendwann im Januar 1813 sahen wir ein Schiff in der Nähe von Kap Hatteras, von dem der Engländer behauptete, es sei das besagte Kaperschiff.

Wir stürzten uns auf sie.

Bild : Seeschlacht, Quelle : eigene Postkartensammlung

Sie gab keinen Widerstand; und wir plünderten und versenkten sie, nachdem wir den Kapitän getötet hatten und den Rest der Männer, mit den Rücken aneinander gefesselt, gezwungen hatten über Bord zu springen.
Wir fanden sechs Damen und fünf Negerinnen.
Eine der Damen war ein kleines dürres Geschöpf; sie hatte stechende Augen und rabenschwarze Haare. Ihre Haut war blaß olivfarben, und ihr Mund und Kinn waren perfekte Modelle femininer Schönheit.
Sie wurde mit ihren Begleiterinnen an Bord der Naranjos gebracht, und ihre Schritte glichen denen einer Königin. Sie hätte die Schwester von Langara sein können, sie waren sich sehr ähnlich.
Die anderen Frauen weinten, schrien und sorgten sich; sie war ruhig, gefasst und gesammelt.
Die Dienerinnen taten es ihren Herrinnen gleich, und alle schienen sehr verängstigt.
Um Unzufriedenheiten, wie sie bei der Freigabe des ersten Schiffes entstanden waren, zu vermeiden, rief Langara seine Besatzung auf das Achterdeck und ordnete an Lose um den Besitz der Frauen zu ziehen. Die Offiziere sollten die Wahl unter den weißen Frauen haben.
Langara selbst wählte die bleiche, kranke Dame, die keinen Muskel bewegt hatte, und eine stolze Ruhe bewahrte.

Die anderen Frauen weinten zuerst, dann tuschelten sie, und zuletzt bekamen sie starke Angst wessen Los sie zufallen würden.
Eine von ihnen, eine korpulente Frau um die 40 Jahre, begann tatsächlich den zweiten Leutnant anzulächeln, der ein Muster an muskulöser Lebenskraft war.
Ginge es nicht um die Ernsthaftigkeit meiner Schilderungen, so wäre es ein humorvolles Schauspiel gewesen, die Veränderungen im Verhalten unserer Gefangenen zu beschreiben.
Alle, mit Ausnahme der blassen Frau und ihrer Dienerin, schienen sich mit ihrer Lage abgefunden zu haben, und versuchten die Person für sich zu gewinnen, die ihnen am meisten Vertrauen erweckte.
Es ist zu vermuten, daß sie dieses nur taten, weil sie die Kajüte dem Vorschiffe vorzogen. Es war gewiß kein Beweis von Liederlichkeit, da es bekannt war, daß zwei von den sechs Frauen der Besatzung zugesprochen werden würden.
Die korpulente Frau wurde der Besatzung zugeteilt ; kein Offizier hatte sie ausgewählt. Wir zogen Lose, und die stark korpulente Frau fiel auf mich. Sofort tauschte ich sie gegen ein junges Mulattenmädchen, ungefähr in meinem Alter, mit dem gröbsten Mann an Bord aus, und ich mußte ihm obendrein etwas Tabak geben.
Nun begannen die Höllenqualen dieser Frauen, und der brutale Siegeszug der Besatzung. Die Schreie der Frauen, als sie roh unter Deck gezerrt wurden, gellen noch heute in meinen Ohren.
Für einen Moment wünschte ich, ich hätte die Kraft meinen Gewinn zu verkaufen; mein Herz verzweifelte, aber schon bald wurde ich so schlecht wie meine Kameraden und scherzte nur, wenn eine unserer Gefangenen stöhnte.
Mein Preis war die Dienerin der blassen Dame, und sie stand weinend neben ihrer Herrin. Bis dahin hatte ich sie noch nicht berührt, aber nun packte ich sie an der Hand, und resigniert folgte sie mir unter Deck zu meiner Koje.
Ich werde diese Zeit nie vergessen; wäre ich nicht auf das Äußerste erregt gewesen, hätte ich sie zu ihrer Herrin zurückbringen müssen.

Sie fiel um meinen Hals, rang ihre Hände, und flehte mich an ihre Herrin zu retten. Wenn ich dieses täte, so versprach sie mir, mich für immer zu lieben - für mich zu sterben - für mich zu arbeiten - aber es war alles vergeblich, ich hörte nicht zu, meine Begierde hatte die Oberhand gewonnen.

Mein Mädchen hieß Flora, und sie erzählte mir, daß ihre Herrin die einzige Tochter eines bedeutenden Militärs sei, aber ich habe seinen Namen vergessen.
Zehn Jahre später traf ich einen alten Mann in einer Stadt, dessen Geradheit seines Ganges, seine gepressten Lippen und sein durchdringendes Auge mich an die blasse Dame erinnerten, aber ich erfuhr nie wer er war.
In dieser Nacht hatte ich die mittlere Wache an Deck. Ich ließ Flora in meiner Koje, und trat meinen Dienst an.

Langara war noch nicht hinuntergegangen, und die blasse Dame saß noch immer an der gleichen Stelle, an der ich sie verlassen hatte, als ich Flora fortnahm. Der Kapitän lud sie in seine Kajüte ein, aber sie lehnte es entschieden ab.
Er versprach ihr, sich nicht in böser Absicht zu nähern, woraufhin sie antwortete: „Kapitän Langara, Sie sind ein Ehrenmann;
ich bin die Tochter eines Ehrenmannes, mein Ehemann ist ein Ehrenmann; versprechen Sie mir, mich auf dem ersten Schiff, das wir treffen nach Hause zu schicken, und ich werde leben.

Ich habe keine Angst um meine Ehre, aber meine Person ist in Ihrer Hand; ich bitte nicht um Gnade, töten Sie mich, wenn sie wollen, aber ich gehe nicht mit Ihnen hinunter, bis ich Ihr Versprechen habe, daß sie mich sicher an Land bringen."
Langara antwortete darauf nur: „Madame, ich gebe keine Versprechen !"
Sie erwiderte : „Mein Vater wurde verfolgt; über Jahre hinweg lebte er im Exil und in Ungnade. Ich wollte ihn aufsuchen, auf daß wir uns noch einmal treffen, da keiner von uns noch lange leben wird. Lassen Sie mich ihn wiedersehen, und alles Wertvolle was mein Mann besitzt, soll Ihnen gehören."
„Ich gebe keine Versprechen", war Langaras erneute kalte Antwort.
Die Frau vergoß keine Träne. Ein leichtes Erröten überzog ihre Wangen, und sie erhob sich von ihrem Platz. Es war Vollmond und der Wind wehte frisch.
Sich dem Kapitän nähernd sagte sie: „Ich bin das einzige Kind eines verlassenen und gebrochenen alten Mannes ! Aber er würde eher von meinen Tod hören, als mich in Unehre sehen wollen. Er soll sich nicht für seine Tochter schämen müssen !"
Langara antwortete nicht, und sie bewegte sich noch weiter abseits.
Keine Anstalten wurden gemacht sie zurückzuhalten, mit wenigen Schritten war sie am Mittelschiff angekommen, wo das Schanzkleid am niedrigsten war.
Eine Sekunde später hatte sie sich ins Meer gestürzt.

„Das war eine noble Tat, und ihrer Abstammung würdig", sagte Langara; und nach einigen Minuten war das Kleid der blassen Dame von der Naranjos aus nicht mehr zu sehen.
Nach dem Tod ihrer Herrin wurde Flora untröstlich. Ich begann wirklich das Mädchen zu lieben, aber jeden Tag nahm ihre Abscheu mir gegenüber zu. Es schien je mehr ich sie liebte, umso mehr hasste sie mich.
Zuletzt wurde ich sogar eifersüchtig auf den zweiten Leutnant. Ich hatte kaum einen Grund dazu, aber es reichte aus, daß ich dachte, ich hätte Recht.
In einem meiner Anfälle machte sie einen unbedeutenden Fehler. Ich hatte mein Messer in meiner Hand und augenblicklich stieß ich es ihr in die Brust. Der Stoß hatte eine ihrer Brüste aufgeschlitzt, und das Blut spritze in mein Gesicht. Der Arzt nähte die Wunde, aber Langara lehnte es ab, daß sie länger bei mir blieb.

Nach dem Los ging sie über auf den Engländer und danach zu jemand anderem. Ich konnte es nicht länger aushalten, sah nach einer Möglichkeit, und stach ihr ins Herz.
Ich hatte Schwierigkeiten der Todesstrafe für diese Disziplinlosigkeit zu entkommen; es wäre nicht gelungen, aber zu diesem Zeitpunkt konnten wir keine Hand entbehren.
Nach und nach waren alle Frauen entweder gestorben, über Bord gesprungen, oder aus Eifersucht getötet, bis auf die eine korpulente.
Keine andere lebte noch drei Wochen nach der Kaperung.

Sie wurde dicker und dicker, lernte zu trinken und zu fluchen mit den Schlimmsten von uns. Zuletzt war sie so fett, und so dreckig in ihren Gewohnheiten, daß wir in allgemeiner Übereinkunft sie damit bedrohten, daß wir das nächste Mal, wenn sie betrunken wäre, sie auspeitschen würden bis sie wieder nüchtern wäre und sie dann über Bord werfen würden.
Sorglos darüber, befand sie sich bereits am nächsten Tag in einem tierischen Rausch. Wir machten unsere Drohung wahr, banden sie an die Ankerwinde, rissen ihr die Kleider vom Leib, nahmen jeder doppelt gesponnenes Garn, und schlugen sie reihum, bis ihr Fleisch buchstäblich in Streifen herabfiel. Ihr Stöhnen und Flehen steigerten nur unsere Belustigung, und jeder wetteiferte mit dem anderen darum ihr Qualen zu bereiten.
Müde von diesem Spaß, und sie nüchtern genug für den Tod wähnend, hievten wir sie über die Reling, nachdem sie mehr als zwei Jahre mit uns verbracht hatte.
Es wäre unnütz all die hundert Kämpfe aufzuzählen, in die wir in den zwölf Jahren, in denen ich auf der Naranjos war, verwickelt waren.
Zuletzt wurden wir vernichtet. Langara wurde zur Montego Bucht gebracht und dort von den Engländern gehängt. Ich und ein anderer Mann konnten nach Trinidad entkommen, wo wir einige Monate unter den Indianern in den Bergen lebten.
In 1824 schaffte ich es wieder zurück nach Föhr zu gelangen, und heiratete dort, wie du weißt. Für sechs Jahre führte ich ein Leben in Frieden.
1830 besuchte ich noch einmal Havanna und fuhr auf einem Sklavenschiff, und war in dieser Zeit selten zuhause. Es war auf einer Sklavenreise, als ich zum erste Mal Ver Bruggen traf, der in der Braganza-Angelegenheit mit mir beteiligt war; Adams und ich hatten eine gemeinsame Fahrt auf der Naranjos gesegelt.
Ich werde jetzt schnell den Rest übergehen, um zu dem Verbrechen zu kommen, für das ich den Tod erleiden muß.
In meinem Leben sind mehr als 50 Personen geradewegs durch meine eigene Hand ums Leben gekommen. Es gibt vieles das ich nicht zu erzählen wünsche aus Angst einige zu verwickeln, die sich gebessert haben. Einer meiner Kameraden der Naranjos ist heute Buchhändler und verschiedene andere Inhaber von Spirituosenhandeln in meiner Stadt.

Von dem immensen Reichtum, den wir auf der Brigg anhäuften erhielt ich nur weniges, es wurde vergraben in der Nähe von St. Jago bevor wir unsere letzte Reise antraten, die uns zugrunde richtete. Wir versteckten Einiges auf den Inseln vor der Küste Floridas; und wenn der Zwischenfall um die Braganza glücklich ausgegangen wäre, so wäre ich gegangen es zu suchen; aber nun ist das alles zuende ; ich habe keine Woche mehr zu leben.
Meine Mutter, mein Freund, und auch andere sind in meinen Gedanken immer bei mir. Meine Gedanken scheinen zwei Kanäle zu fahren, und beide sind gleichzeitig offen.
Mehr als 20 Dinge beschäftigen gleichzeitig meine Gedanken, und darum entschuldige bitte, daß ich in Einzelheiten nicht genauer ausführte. Die wichtigsten Vorkommnisse meines Lebens würden ein dickes Buch füllen. Du hast hier Ausreichendes um Dir einen Einblick in das Wesen meiner Laufbahn zu geben.
Von dem Zeitpunkt, als ich zum letzten Mal meine Heimat verließ bis zu dem Zwischenfall auf der Braganza verlief mein Leben ohne Tadel. Ich suchte eine Möglichkeit das Geld, das in Florida verborgen lag, in meinen Besitz zu bringen. Als der Kampf zwischen Ver Bruggen und dem Steuermann begann lag ich schlafend im Vorschiff. Der Auslöser war, daß Hans Knudson eingeschlafen war, obwohl er Ausguck halten sollte. Der Steuermann kippte einen Eimer Wasser über ihn und schlug ihn dabei mit einem Tauende. Ver Bruggen, der das mitansah, appellierte an den Steuermann im Namen Hans's, daß der doch nun genug bestraft sei. Daraufhin griff der Steuermann Ver Bruggen an, und nun erhob sich die Meuterei.
Der Lärm führte mich an Deck. Hans erzählte mir die Umstände, und ich ergriff ein Beil und schlug nach dem Steuermann.
Dieses war der Beginn, und dieses ist der wahre Anlaß der Vorkommnisse, die anscheinend der halben Welt den Kopf verdreht haben.
Der Steuermann war verwundet und starb kurz darauf. Der Kapitän, der bald darauf mit einem Entermesser an Deck kam, schmissen wir über Bord. Wäre er nicht eingeschritten, hätten wir ihn nicht angegriffen.
Wir hatten nicht geplant die Brigg zu übernehmen. Der Eigner war mitsamt seiner Gattin an Bord. Ihm, ebenso wie der Gattin des Kapitäns, taten wir nichts zuleide, sondern gaben ihnen das Langboot sobald wir das erste Schiff in Sicht hatten.

(Nun folgt hier die Geschichte ihrer Gefangennahme, des Prozesses und der Verurteilungen, mit welcher die Öffentlichkeit ja bereits bestens bekannt ist.)
Für diese Verbrechen, wie man sie im allgemeinen nennen möchte, empfinde ich nicht die geringste Reue. Kapitän Turley war ein Mann, grausamer und feiger als jedwedes menschliche Wesen, das ich je antraf.
Vanderslice war ein Schikanierer und Drangsalierer; und nun, da ich den Tod kommen sehe fühle ich eine aufkeimende Befriedigung im Rückblick die Welt von zwei Ungeheuern befreit zu haben.

Ich könnte nicht leben, wenn ich lebend dieses ungeschehen machen müßte. Ich lehnte den Himmel ab, wenn er nur durch das Beklagen ihres Schicksals zu haben wäre.
Nun lebewohl, mein Freund, zum letzten Mal. Ich habe Dir nun alles erzählt. Ich werde kein weiteres Wort mehr anfügen.
Ein einziger Tag des Lebens verbleibt mir noch, aber ich fürchte den Tod nicht.

Cornelius Wilhelms

Bild : Schatzkarte, Quelle : Tryfonov über Fotolia

Kapitel 6
Ausklang

Wir beabsichtigten an dieser Stelle den Brief an seine Schwester Kayuka Peters einzufügen, aber aus Platzgründen waren wir gezwungen diesen zu verschieben. Jedoch kann dieser in der nächsten „The Sun“ am Montag oder Dienstag erscheinen.

- (**Anmerkung der Autoren :** In den folgenden Auflagen der SUN war dieser Brief im Internet nicht auffindbar.) -

Wir ergreifen hiermit die Gelegenheit unsere Hochachtung jedem Magazin dieser Stadt auszusprechen, außer der Gazette, für die sehr freundliche Art und Weise, in der die Veröffentlichung unserer demnächst erscheinenden Broschüre angekündigt wurde. Dieser Dank gilt im Besonderen dem Courier and Enquirer, dem Commercial und dem Star. Jede von ihnen darf sich auf eine Erwiderung ihrer Gefälligkeit unsererseits verlassen sobald sich dafür die Gelegenheit ergeben sollte. Von dem Express haben wir große Unterstützung durch den folgenden Artikel erhalten, der heute Morgen in jenem Journal erschienen ist, und den wir ohne Änderungen übernommen haben, außer des geänderten Namens des Angeklagten, den sie falsch erfahren hatten, und des Ortes der Hinrichtung, der Bedlow’s Island war und nicht Gibbet Island.

„Heute, irgendwann zwischen 10 und 14 Uhr, wird dieser elende Mann auf Gibbet Island hingerichtet. Es ist bedauerlich, daß seine letzten Tage so vergiftet waren durch entstellte und eigenmächtige Darstellungen seines früheren Lebens, und durch angebliche Geständnisse im Gefängnis, die niemals erfolgt waren, und die nicht wenig Trostlosigkeit für diesen bedauernswerten Mann hervorbrachten.
Wir erfuhren, daß er sein Leben in seiner Muttersprache niedergeschrieben hat, und daß dieses letzte Nacht noch in seinem Besitz war, unübersetzt und bisher nicht veröffentlicht. Wir können mit einiger Berechtigung behaupten, daß diese die einzig wahre Erzählung ist, die von ihm gutgeheißen wird - die einzige, auf die Verlaß ist.
Wir hören von jemandem, der ihn nahezu jeden Tag während der letzten Zeit seiner Haft besuchte, daß er in Bildung und Intellekt weit über dem Durchschnitt seiner Klasse von Seeleuten stand. „Ich war beeindruckt “, sagte unser Informant, „ gleich beim ersten Betreten seiner Zelle von der Ausdruckskraft und Wachheit seiner Gesichtszüge. Seine Augen waren aufgeweckt in ihrem Ausdruck und von einem klaren bläulichen Grau.
Seine Körperform war mehr hager und muskulös als korpulent.
In seiner Blütezeit muß er sowohl energisch als auch tatkräftig gewesen sein.

Um mit der Schädellehre (Phrenologie) zu sprechen, ist sein Temperament eine Mischung aus Feinfühligkeit, Blutfülle und ein wenig Reizbarkeit, die Feinfühligkeit dabei dominierend.
Sein Kopf, soweit aus der reinen Ansicht beurteilbar, erschien alles andere als der eines Bösewichtes – erwähnenswert ist lediglich eine Flachheit des Hinterkopfes, wo die Gutmütigkeit lokalisiert ist.
Er war sehr ausgeprägt in der Region der sittlichen Empfindungen.
Entschlossenheit schien stark ausgeprägt, Hilfsbereitschaft dagegen weniger. Die Region der Geisteskraft war gut ausgeprägt.

Diese Beobachtungen sind anzweifelbar, weil er es ablehnte Kopf und Haar, welches die Farbe eines hellen Braunes hatte, abtasten zu lassen, und somit die Region der Streitlust und der Zerstörungswut verdeckt blieben. Deshalb kann das hier gesagte nicht als im wissenschaftlichen Sinne verbindlich gelten.
Als ich die Zelle bei meinem ersten Besuch betrat, fuhr unser Informant fort, saß er auf seinem Bett, umgeben von Abhandlungen; eine deutsche Bibel lag neben ihm, und während des Besuches nahm er ein Heft auf Deutsch zur Hand mit reizenden Darstellungen eines Mörders und seiner Bestrafung. Er stellte die einzelnen Abschnitte heraus und erklärte Einzelheiten mit dem Ausdruck tiefsten Interesses – äußernd einen beträchtlichen Grad von Abscheu für die Untat der Geschichte und stellte das Törichte und Verfehlte des Ganzen heraus.

Dann nahm er die Manuskriptenrolle mit den Aufzeichnungen seines Leben auf, und erklärte, daß er beabsichtige noch einiges hinzuzufügen um es einem Freund kurz vor seiner Hinrichtung zu überreichen, damit es veröffentlichet würde. Bei der Beschreibung der Form, in der er die Herausgabe der Niederschrift wünschte, nahm er ein Heft und schleuderte es mit unleugbarer Geringschätzung von sich, „ Nicht wie dieses hier, soetwas gefällt mir nicht,“, sagte er, „ich möchte es in ein ordentliches Buch gebunden, und wünschte, daß ein oder zwei Exemplare heim zu meiner Mutter geschickt würden.“
In Erwähnung seiner Mutter fügte er hinzu: „Ich habe letzte Nacht von ihr geträumt - Ich dachte sie wäre gekommen und gäbe mir etwas Geld und schickte mich aufs Land."

Es war wahre Ergriffenheit in dieser Aussage, seine Stimme zitterte und Tränen füllten seine Augen – es war eine Welt des Gefühls in diesem kleinen Satz, der mich überraschte, so unvorbereitet wie ich auf derartiges stieß. Er sprach mehr als einmal von seiner Mutter während des Besuches, und jedes Mal mit dem Ausdruck tiefer Zuneigung.
Er sprach auch äußerst respektvoll von einem Kapitän, mit dem er einstmals gesegelt war, und meinte, dieser hätte ihn im Gefängnis besucht und ihm seine Bereitschaft erklärt, ihn wieder in seinen Dienst aufzunehmen, wenn er frei käme.

Er sprach mit großer Dankbarkeit über die Gefängniswärter, und sagte, daß sie ihm jede Bequemlichkeit bereitstellten und ausgesprochen freundlich und mitfühlend wären.
Beim Abschied lud er zu einem weiteren Besuch ein; er sagte, daß er sehr erfreut über diesen Besuch war, und es gerne sähe, wenn achtbare Leute kämen um ihn zu sehen; daß viele nur kämen, um einen Mann zu sehen, der gehängt werden sollte, was ihm nicht behagte. Er wünschte nicht angestarrt zu werden, als wäre er ein wildes Tier.
Während er sprach, gingen zwei Frauen den Flur entlang und stoppten für einen Augenblick, um in die Zelle zu schauen. Er schien verärgert und meinte: „Sie haben Angst vor mir, und dabei tue ich niemandem etwas zu leide.“

Sein Benehmen und seine Erscheinung waren alles andere als die eines gewaltsamen oder hartgesottenen Mannes; tatsächlich war es genau das Gegenteil. Hätte ich ihn unter anderen Umständen kennengelernt, dann hätte ich ihn als einen Mann weit über dem gewöhnlichen Schlag der Seeleute stehend beschrieben, gewandt, humorvoll und gesellig.
Er hatte ein Bittgesuch an den Präsidenten eingereicht, und ein Beamter informierte ihn, als wir beisammen waren, daß er eine Antwort am nächsten Tage erwarten könne. Er schaute sehr ruhig auf, und sagte: „Nun gut - aber ich habe keine Hoffnung. Nein, nein; Der Geistliche sagte mir gestern es gäbe keine.“
Er sprach von seiner Hinrichtung nahezu sorglos, und doch erkannte man hier und dort leichte Anzeichen von Furcht, die zeigten, wie unecht seine scheinbare Teilnahmslosigkeit war.
Dann wieder, wenn die anderen in dem Raum anderweitig beschäftigt waren, nahm er meine Hand mit solcher Kraft, daß es mich schmerzte, und sagte: „Ich kann nicht zu jedem sprechen. Diese denken, ich litte nicht; Aber ich schlafe nachts nicht - ich kann nicht. Kommen Sie und besuchen mich morgen noch einmal - so oft Sie können - ich habe nur noch so wenige Tage zu leben.“
Er zeigte auf eine Gruppe sauber gemalter Zahlen an der Wand über seinem Bett, die die Anzahl der Tage zeigten, die ihm noch verblieben.
Er sagte mir, daß er jeden Tag eine davon ausstreiche.
Ich konnte nicht auf diesen traurigen Kalender schauen ohne zu schaudern; es war etwas Grauenhaftes bei dem Gedanken an einen Mann, der die Schritte zu sein Grab derartig zählte – der sein Leben vor seinen Augen dahinschwinden sah.

Bei unserem Aufbruch schüttelte er unsere Hände und folgte uns soweit die Länge seiner Kette es zuließ, hocherfreut von unserem Besuch und besorgt, ob wir ihn wiederholen würden. „Kommen Sie bald“, sagte er, und zeigte auf die düstere Liste an der Wand, „ich habe nur noch so wenige Tage zu leben.“

Der Besuch, den wir wirklichkeitsgetreu aufgezeichnet haben, geschah vor drei Wochen; seither bis zu dieser Woche war er fügsam, frohgemut, scheinbar wenig im Hader mit seinem Schicksal sich klaglos fügend den Beschwernissen seiner Gefangenschaft.

Aber in den letzten zehn Tagen wurde eine Schwermut sichtbar; er wurde traurig und trostlos. Die Berichte, die durch das Land gingen, haben ihn aufgewühlt und bekümmert. Er ist besorgt um den Eindruck, den er der Nachwelt hinterlassen wird. Er beteuert, daß er aus gutem Hause stammt mit Verbindung zu Personen höchsten Ansehens in Deutschland; eine Aussage, die seine Sprache und der Stil seiner Unterhaltung sehr untermauern, ebenso wie die Tatsache, daß seine Hand flüssig und frei in keiner Weise anspruchslos schreibt.

Seine Unterschrift liegt nun vor uns, und wir müssen diese Handschrift als die eines Mannes beschreiben, der alles andere auf der Welt als ein gewöhnlicher Seemann ist. Sie ist äußerst ordentlich und gebildet.

Die Unterschrift ist einem Brief angehangen, den er jemandem geschrieben hat, der ihn im Gefängnis besuchte.

Wir haben die Erlaubnis die letzten Zeilen zu veröffentlichen:

„Meine Zeit läuft schnell ab. In einigen Stunden wird meine Laufbahn auf Erden zuende sein. Ich bin mit meinem Schicksal ausgesöhnt.

Wahrhaftig, es gibt einen Gott, und ich fürchte um nichts mehr als um die Vergebung meiner Sünden.

Dein unglücklicher Freund,

Cornelius Wilhelms "

Der Brief, aus welchem dieser Ausschnitt stammt, wurde am Mittwoch geschrieben, als er vollkommen ruhig war; die Handschrift ist ein wenig zittrig, aber in keiner Weise undeutlich oder unleserlich.

In einer Unterredung mit der Person, die diesen Brief entgegennahm, versicherte diese sehr feierlich und mit einem Ausdruck starker Anteilnahme die gänzliche Unschuld des anderen Mannes, der nun im gegenüberliegenden Gange inhaftiert wurde und auf das Urteil des Gerichtes wartete, das ihn der Piraterie für schuldig erklärt hatte.

Es scheint sicher zu sein, daß der unglückliche Jüngling, anstatt Gewalt an Person und Eigentum anderer verübt zu haben, selbst auf das Grausamste von den Meuterern benutzt wurde, zwischen denen er nun stand und verurteilt wurde.

Ungeachtet der Schicksalsergebenheit, die der Brief ausdrückt, wurde der bemitleidenswerte Mann am Mittwoch so aufgeregt beim Nahen seines Verhängnisses, daß die strengste Behandlung erforderlich wurde.

Während der Nacht waren die Wächter gezwungen ihn in weiteres Eisen zu ketten, mit der Befürchtung er würde sonst Selbstmord begehen.

Den ganzen gestrigen Tag war er in einem Zustand nahenden Wahnsinns. Er war gereizt und sein Verstand war traurig verwirrt, als er sich von mehreren der Freunde, die im Gefängnis freundlich zu ihm gewesen waren, verabschiedete, aber gegen Abend steigerte er sich in Erregbarkeit und Umnachtung. Über mehrere Tage hinweg hatte er nur wenig gegessen und war matt und abgemagert.
Um zwei Uhr diesen Tages werden seine Leiden und sein Leben beendet sein. "

Dieser Artikel, der so gekonnt geschrieben ist, berichtet über das Leben des Wilhelms bis zur letzten Nacht und enthält weitere Informationen, die uns entbehrlich erscheinen.
An diesem Morgen, dem 21. Juni zu Tageslicht, wurde der Gefangene vom Stadtgefängnis nach Bellevue geleitet, und um 9 Uhr an Bord des Dampfschiffes Passaic von der Pier Nummer 30 am East River zu Bedlow's Island gebracht. Er war etwas bleicher als gewöhnlich, sprach nur wenig und zeigte keine Anzeichen von Beklommenheit.
Einige Minuten nach zwei wurde der unglückliche Mann in die Ewigkeit befördert, und so endete ein Leben, von dem bezweifelt werden kann, ob es ein Segen für seinen Besitzer war.

[Veröffentlicht im THE SUN Büro.]

Das Leben und die Hinrichtung Wilhelms, des Braganza-Piraten !
Life and Execution of Wilhelms, the Braganza Pirate !
Cornelius Tunis Wilhelms
Sun Office - New York, N.Y.
Published at the Sun Office, 1839

Übersetzung von Franziska Josephine Hoten
Groningen, Mai 2012
Für meinen Patenonkel Peter de Buhr.

Einiges in dem Artikel ist falsch übertragen : Jungrörd Nickelsen wohnte in Toftum auf der Insel Föhr.

Als nun endlich die komplette Übersetzung vor uns lag, und wir sie durchgearbeitet hatten, wurde uns langsam klar, daß wir es hier mit einem deutschen Seemann zu tun hatten, der viele Jahre das Leben eines Karibikpiraten gelebt hatte.
Zuerst waren wir ungläubig und sprachlos, aber das änderte sich schnell.
Viele Fragen galt es zu klären :

Steht Wilhelms Geburtshaus noch ?
Kann man den Briefempfänger ausfindig machen ?
Wer war Piratenkapitän Langara ?
Wer war die blasse Frau ?
Können wir mehr über den Onkel und sein letztes Schiff erfahren ?

Unsere Suche ging weiter ...

Selbstverständlich haben wir nach den Veröffentlichungen unseres Buches nicht aufgehört weiterzurecherchieren.

Seit dem Jahr der Erstauflage haben uns viele Briefe, Informationen und Anregungen von unseren Lesern erreicht.
Alles, was belegbar war, haben wir einfließen lassen.
Und tatsächlich ist noch mehr spektakuläres neues Material in Archiven der USA aufgetaucht. Mit einem dieser Dokumente ist es wahrscheinlich, daß alle Meuterer vor Gericht nicht die Wahrheit gesagt haben, und die Meuterei doch ein geplantes Unterfangen gewesen ist :

Nachdem Wilhelms zum Tode verurteilt war, hat ein weiterer Journalist ihn aufgesucht, um gezielt Details aus seinem Leben zu erfragen.
R. E. Elton, Verleger und Journalist, war sich der Aufmerksamkeit um die Person Wilhelms kurz vor dessen Hinrichtung bewußt.
New York stand Kopf in Erwartung der öffentlichen Hinrichtung eines Piraten.
Ein Büchlein über den Mann versprach Profit.
Außerdem sollte der Menge das Gesicht gezeigt werden von dem Mann, der bald in ihrer Stadt gehenkt werden würde.
So nahm Elton einen Zeichner, M. Leprier, mit in die Todeszelle hinein, der Wilhelms detailgetreu portraitierte.
Dieses ist für uns ein Glücksfall, denn nun wissen wir genau, welchen Mann die Ostlandbauern am
21. August 1838 auf Borkum zu sehen bekamen.

THE LIFE OF CORNELIUS WILHELMS

ONE OF THE

BRAGANZA PIRATES,

NOW UNDER SENTENCE OF DEATH!

Containing every Important Event in his Life, and the full account of the Diabolical Murder of Capt. Turley,

---

WRITTEN FROM CONVERSATIONS WITH THE PRISONER

A CORRECT LIKENESS OF WILHELMS, DRAWN BY M. LEPRIER.

NEW-YORK:

R. E. ELTON, PUBLISHER, CORNER OF ANN & NASSAU-STREETS.

FOR SALE AT THE DESK OF 'THE SUN' NEWSPAPER OFFICE

Übersetzung der Titelseite :

Das Leben von Cornelius Wilhelms

einem der **Braganzapiraten**

Nun zum Tode verurteilt

Beinhaltend jede wichtige Begebenheit in seinem Leben,

sowie den vollständigen Bericht

des teuflischen Mordes an Kapitän Turley

Geschrieben nach Gesprächen mit dem Gefangenen

obiges Bild

Ein genaues Portrait des Wilhelms , gezeichnet von M. Leprier

New – York :

R. E. Elton, Herausgeber, Corner of Ann & Nassau – Streets.

Zum Verkauf am Schalter der ' The Sun ' Zeitungsbüros

Vorwort
Betrachtungen über das Verbrechen

Als Einleitung zur Geschichte des Lebens dieser rätselhaften Person wollen wir eine kurze Abhandlung über das Verbrechen vorausschicken, einschließlich seiner Entstehung, seiner Wirkung und seiner moralischen Beeinflussung der Gesellschaft. Möge es den Leser nicht vom Weiterlesen abhalten, denn einiges Nützliches kann hieraus gefunden werden und wird ihn reichlich die Mühe lohnen.

Es wird gesagt, und zu recht, daß Müßiggang und Prasserei die Triebfedern des Lasters sind, aber sie sind nicht die einzigen Ursachen allein, die Verbrechen hervorrufen. Einem Mangel an ordentlicher Bildung dürften die meisten Vergehen zugeschrieben werden, die täglich und stündlich gesehen werden. Die Eltern, welche die geistige Bildung ihrer Nachkommen vernachlässigen, und ihnen keine Erziehung vermitteln, die jenen verbindlich sich einschärft, je nach Beschränkung derer Veranlagung, vergessen voraussichtlich ebenso ihre Pflicht, deren Seele mit richtigen Vorstellungen von Moral und tugendhaften Grundsätzen heranzuziehen.

Das Kind wächst heran, - sein ungeleiteter Verstand verdirbt bald durch lasterhafte Neigungen, und durch unbedeutende Verfehlungen wächst die Untugend - und das verleitet bald zu Straftaten, und dieses vernachlässigte Kind, wenn es zum Manne geworden, ist bereitet für jede Art von Schurkerei.

Die große Überlegenheit, die unser Land über jedes andere aufweist in Bezug auf Bildung – die große Zahl an öffentlichen Schulen und privaten Hochschulen, sollte zur Erziehung nicht übersehen werden. Die Eltern, die ihre Kinder in Unwissenheit aufziehen, legen ihnen den ersten Stolperstein in den Weg und helfen zu ihrem Untergang bei.

Ihr Sohn wächst auf in Beschränktheit und wird schon in jungen Jahren in eine Fabrik oder Werkstatt gegeben, wo er durch Arbeiter oder befreundete Lehrlinge unsittlichen Gepflogenheiten ausgesetzt wird, die der junge unerzogene Geist mit Begierde einsaugt, oder ihm ist Müßiggang erlaubt unter Genossen, die der Jugend nicht zuträglich sind, um mit diesen Stunden zu verbringen, und sich hierbei zu Lastern der schlimmsten Art hinreißen zu lassen.

Es gibt viele Zeitvertreibe der Jugend, die, genaugenommen, abgeschafft werden sollten, weil sie, obwohl nach außen harmlos anmutend, doch Ansporn zur Kriminalität sind. Darunter sind die jugendlichen Vergleiche, oder gewöhnliche Glücksspiele wie das Werfen von Knöpfen, Pennies etc., Murmelspiel etc.. So unschuldig sie daherkommen, so rufen sie doch den Wunsch in der Jugend hervor, in größerem Maßstabe zu zocken, denn was sind diese anderes als eine kleinere Form des Glücksspiels ; die Bagatellen, die der junge Spieler verliert sind in seinem Dafürhalten dasselbe dann später in den größeren Verlusten der älteren Spieler beim Würfeln, Kartenspielen oder Pokern.

Betrachten Sie die sittliche Verfassung der Jugend unserer City von New York, und fragen Sie sich selbst, ob man nicht doch hier die Kinder der unteren Klassen deutlich heraussehen kann, die eben nicht gebildet sind ?
Fragen Sie sich, ob es nicht strafbar sein sollte, in Anbetracht so vieler vorhandener Volksschulen, und ob Armut eine Entschuldigung sein kann, daß Eltern in gröblicher Weise versäumen, ihre Kinder ausbilden zu lassen, anstatt sie in neun von zehn Fällen dem Gefängnis oder dem Schafott auszuliefern.
Schauen Sie, wieviele Personen in den letzten 50 Jahren hingerichtet wurden, lesen Sie die staatlichen und anderen Gefängnisberichte und entscheiden Sie dann, ob nicht doch Bildung in großem Ausmaß ein mächtiger Hemmschuh des Verbrechens ist !
Gehen Sie in die Armenhäuser und betrachten Sie die Insassen, schauen Sie die Armen, die die Straßen bevölkern, sind sie nicht, mit wenigen Ausnahmen, unwissend und ungebildet ?
Den Eltern würde ich sagen :
" Die Bildung formt das Gemeindewesen, so, wie der Zweig den Baum formt. "
Deswegen : Geben Sie Ihren Kindern eine Ausbildung und pflanzen Sie ihren Seelen Rechtschaffenheit ein, Sie wappnen sie damit gegen viele Verlockungen, und bewahren sie vor Fluch und Schande.

Leser, bedenke dieses : " Eine Seele ohne Erkenntnis,
die ist wie ein Dorf ohne Einwohner, und fällt dem Ruin anheim. "
Dieses sind bedeutende Themen und Ihrer Aufmerksamkeit würdig. Ich habe keinen Platz, um ausführlichere Betrachtungen anzustellen, aber ich hoffe, Ihre geschätzte Aufmerksamkeit dem Problem genähert zu haben.

Das Leben des Cornelius Wilhelms eines der Braganza-Piraten

Die folgenden Einzelheiten des Lebens des Wilhelms sind nach Gesprächen mit ihm im Gefängnis nach seiner Verurteilung aufgeschrieben worden. Er erschien gleichgültig seinem Schicksal, und kein Zweifel ist an seinen Schilderungen, da er keinerlei Hoffnung auf Begnadigung haben kann.
Wilhelms ist nun um die 40 Jahre alt, er wurde geboren auf Föhr, einer Insel Dänemark zugehörig.
Er ist um 5 Fuß 9 Inches groß und sehr mager in seiner Erscheinung ; von Natur aus blass, aber doch gebräunt durch die Elemente, - dunkles Haar und Backenbart, den er aber in der Haft abrasiert hat.
Er ist gewöhnlich so gekleidet, wie die Seemänner sich kleiden und ist nicht sehr gepflegt in seiner Erscheinung.

Er kann in seiner Muttersprache ein wenig lesen und schreiben, aber der Mangel an Erfordernis hat ihn dieser Fertigkeit meistenteils entwöhnt.
Er zeigt ein seltsames Gemüt, zeitweise sehr sanft und ängstlich, aber wenn erregt rachsüchtig und giftig in seinem Hass, - boshaft und starrsinnig in seinem Handeln. Es ist leicht, sein Vertrauen zu erringen, und er war immer treu in seiner Freundschaft, aber wenn man seine gute Meinung verlor, war es sehr schwer, diese wiederzuerlangen.

Nichts Erwähnenswertes geschah bis zu seinem 19. Lebensjahr, als er sich einschiffte nach Ostindien, um einer Untersuchung eines unbedeutenden Deliktes zu entrinnen, die er in seiner Einbildung überbewertete, und der er wegen seiner angeborenen Ängstlichkeit zu entgehen suchte.
Als Neuling segelte er vor dem Mast
(**Anmerkung** der Autoren : in den Vorderkajüten wurden die unerfahrenen Besatzungen unkomfortabel quartiert)
und er war damit der Spott der erfahrenen Seeleute, und er erhielt mehr Stüber als Anerkennung durch die gesamte Mannschaft. Wenn er sich anstellig zeigte um ihre Anerkennung zu gewinnen, so erzeugte seine Ungeschicklichkeit mehr Gelächter, wenn er zögerlich war, so erntete er Tritte und Beschimpfungen.
Er war ein dümmlich wirkender Geselle und hatte wenig Ansehen innerhalb der Crew, und, indem er keine Freunde gewinnen konnte, beschloß er bei sich selbst, sich niemandem anfreunden zu wollen.
Die Flammen der Rachsucht entzündeten sich in seiner Brust, und er wartete auf seine Gelegenheit hierfür, die seine Ängstlichkeit ihm zunächst untersagte.
Als sie in einem Hafen anlegten, begleitete er seine Mannschaft zu einer Hafenkneipe, wo diese schnell betrunken wurden, er blieb als einziger nüchtern.
Er zauderte, aber mithilfe eines Einwohners verschaffte er sich ein Mittel zur Vergeltung.
Es gibt eine Pflanze, die nur dort bekannt ist, welche bei Kontakt eine Lähmung hervorruft an den Stellen, an denen man damit in Berührung kommt.
Diese Pflanze rieb er auf Hände und Füße seiner betrunkenen Kameraden, und dieses war seine erste Handlung von Schurkerei und Rache, die er vollzog, um den Gebrauch der Extremitäten der unglücklichen Seemänner für eine lange Zeit unmöglich zu machen.
Wilhelms war der einzige der ehemaligen Crew, der mit diesem Schiff zurückkehrte ; der Kapitän maß deren Mißgeschick und Ausfall den Getränken, die sie in der Taverne getrunken hatten, zu.
Auf der Rückfahrt legte das Schiff in Liverpool an, und Wilhelms verließ das Schiff, um auf einem kleineren Fahrzeug anzuheuern, welches regelmäßige Pendelverbindungen in der Umgebung befuhr.
Er blieb dort an Bord, aber nach kurzer Zeit wurde er der Eintönigkeit müde und er entschloss sich einen größeren und einträglicheren Dienst anzutreten.
Er musterte auf der Adelina an, die zu den spanischen Kolonien fuhr.

Auf einer Reise nach Kuba wurde er bekannt mit einem seiner Kameraden, der der Sohn eines dortigen Plantagenbesitzers war, aber gezwungen war die Insel zu verlassen, weil er auf seinen Vater geschossen hatte mit der Absicht diesen zu töten.

Dieser Seemann, dessen Name Riezo war, kehrte zurück, um das Kommando über einen Piratenklipper zu übernehmen, der auf einer der Inseln in der Nähe von Kuba ausgerüstet wurde, und er stieß bei Wilhelms nur auf geringen Widerstand um ihn zur Teilhabe zu überreden. Sie erreichten Kuba und verließen das Schiff, und gingen anbord eines kleineren Fahrzeuges in Erwartung
der Einschiffung auf dem blutgierigen Schiff, um ihr tödliches Handwerk aufzunehmen.

Dieses Schiff war nicht dafür ausgerüstet, um eigentlich Piraterie zu betreiben, sondern für nächtliche Überfälle auf reiche Plantagenbesitzer und Bauern gedacht, deren Häuser in der Nähe der See oder an Flußufern gelegen waren, wo für die Plünderer genug Rückzugsmöglichkeiten im Schutze der Nacht bestanden.

Die Crew bestand aus Riezo, dem Kapitän, einem dunklen Spanier, dem Bootsmann, nur unter dem Namen Whistler bekannt, fünf Seemännern und dazu Wilhelms und dem Schiffsjungen, der auch als Koch tätig war.

Sie hatten eine Stelle auf einer der Inseln als Lager, die von einem ihrer Bande beaufsichtigt wurde. Dieses war eine natürliche Höhle am Ende einer weiten Bucht, in die ihr Fahrzeug einlaufen konnte, und ihre Beute ohne Angst vor Beobachtung ausladen konnte. Die Einfahrt war gesichert durch eine Anzahl von Klippen und großen Steinen, sodaß keine Aufmerksamkeit bei Abwesenheit des Schiffes erregt wurde.

Auf einem ihrer Raubzüge griffen sie eine Niederlassung eines Bauern an, und fanden auf dem Gelände nichts von Wert. Aus Enttäuschung ergriffen sie die Nichte des Unglücklichen, und ließen ihn Rücken an Rücken gefesselt an seinen Sklaven zurück.

An Bord zurückgekehrt ergab sich die Frage, wem die Gefangene gehören sollte. Es wurde beschlossen das Los zu ziehen, und es fiel Wilhelms zu, der darauf bestand, eine sofortige Vermählung abzuhalten, um die Begehrlichkeiten der Mannschaft damit zu unterbinden.

Der Kapitän war der Priester, diese gewaltsame Verbindung wurde geschlossen, und Wilhelms gab ihr eine Heimstatt auf der Insel, dort wo sie ihre Beute versteckten.

Eine alte verlassene Hütte wurde ihr zugewiesen, und diese unglückliche Frau, die Piratenbraut, bewohnte einsam und allein die einfache Hütte, nur gelegentlich von Wilhelms besucht nach seiner Rückkehr von Plünderfahrten.

Bild : Eine Karibikinsel. Lithographie, aus unsere eigenen Sammlung.

Der Pirat, der als Bewachung der Höhle und ihrer Schätze zurückblieb, war der einzige weitere Bewohner dieser seeumtosten kleinen Insel neben Cecile, welches der Name von Wilhelms Gattin war. Nach zwei Monaten ihres Aufenthaltes begann dieser Posten mit Übergriffen auf ihre Privatsphäre, und ihr ehrlose Anträge zu unterbreiten ; sie wies ihn zurück, und indem sie sich Wilhelms verbunden fühlte, weihte sie diesen in den Verrat seines Kameraden ein.
Der hatte durch lange Gewöhnung an sein blutiges Handwerk jede Ängstlichkeit seiner Jugend verloren, und galt mittlerweile als einer der Tüchtigsten in seiner Piratencrew.

Das Blut schoß ihm in den Kopf und errötete sein gesamtes Antlitz. Er ergriff ein kurzes spanisches Rohr, das in der Ecke der Hütte stand, prüfte Ladung und Zünder und eilte zum Höhleneingang um Rache für diesen Vertrauensbruch zu üben.

Er erreichte die Höhle, legte an und wartete auf seine Gelegenheit, wenn der Gesuchte sich aus einer Felsspalte, in der er lehnte, erheben würde. Wilhelms mußte nicht lange warten, der Wachtposten fiel mit dem Hall des Schusses in der Höhle und lag tot auf einem Felsen, ohne einen Freund, um seine Überreste zu bedecken, ein Opfer seiner Dreistigkeit.

Der tote Pirat lag dort, wo er erschossen wurde, bis daß er von der Crew des Piratenschiffes entdeckt wurde. Dieses erregte nicht geringe Aufregung unter ihnen, und einige vermuteten bereits, daß ihr Versteck entdeckt wäre, bis daß Wilhelms seinen Anteil an dem traurigen Unglück preisgab.

Er wurde nach den Regeln der Gemeinschaft zur Rechenschaft gezogen und getadelt, und als Wiedergutmachung wurde beschlossen, ihn als neuen Wachtposten der Schatzhöhle zurückzulassen, in der Meinung, dieses wäre die beste Regelung, um weitere Verluste unter ihnen wegen Begehrlichkeiten auf sein Weib seitens der Crew zu vermeiden.

Er blieb nun mehr als ein Jahr dort, versah seine Pflicht als Wächter, und gewann zunehmend die Achtung seiner Ehefrau, als eines nebligen Morgens ihre Barke nach dem Entladen der Beute wieder ausfuhr, und als sie aus dem Nebel herausbrach gewahrte sie eine französische Corvette in nur kurzer Entfernung. Das Piratenschiff war der schnellere Segler und konnte entkommen, aber die Corvette entsandte ein Beiboot zur Erkundung in die Bucht sowie bewaffnete Truppen um die Insel zu sichern.
Wilhelms floh aus der Höhle und hastete zur Hütte, wo seine Frau ihr gemeinsames Kind versorgte.
In dieser Piratenbrust, so unergründlich auch in ihren Tiefen, verbargen sich dennoch Kleinodien, die im Kontrast nur umso heller strahlten. Er liebte die dunkelleuchtenden Augen und die natürlichen sanften mellierten Ringellocken seiner schönen Cecile. Er verehrte seinen Sohn - so sehr mochte er seine schöne geraubte Braut. Nun würde er von ihnen getrennt werden, vielleicht für immer. Tränen traten ihm in die Augen, - die brennenden Tränen der Zuneigung fielen über eine Brust, die über Jahre keine Träne weder über den Anblick des Todes noch über eigenes Leid verspürt hatte.

Da ist kein Unmensch in der gesamten Natur, so grausam, daß er die Gefühle gegenüber seinen Nachkommen vergäße ; da ist kein Wilder, kein Schurke, der nicht den Unterschied zwischen eigenen Nachkommen und den Kindern anderer fühlte.

Arme Cecile, sie sah den Gebieter ihres Schicksals innerlich sehr beunruhigt und flehte ihn an ihr seinen Gram zu erzählen. Er erhob seinen Blick vom Boden und heftete ihn auf seine Frau ; seine Gesichtszüge zuckten, als ob Blitze deren Gelassenheit zerrütteten, und in nachdrücklichem Ton erklärte er :
" Ich bin ein Pirat, Cecile, die tödlichen Bluthunde suchen nun nach mir, beschütze meinen Jungen, lasse ihn nicht seines Vaters Verbrechen wissen ; wenn sie Dich finden, so verleugne mich ; wenn Du kannst, triff mich auf Kuba so bald wie möglich, bis dahin lebewohl. "

Er küsste seine Frau, dann hob er das kleine Kind auf und liebkoste das Unschuldige, dann floh er die Hütte, nahm das Boot, das er in den Büschen am anderen Ende der Insel für Notfälle versteckt hatte und trieb innerhalb weniger Stunden auf See hinaus, ohne von seinen Verfolgern entdeckt zu werden. In dieser Lage befand er sich für vier Tage im offenen Boot, ohne Proviant und ohne weder Segel noch Ruder um sein Fortkommen zu beschleunigen, als er von einer dänischen Brigg aufgenommen wurde, und, indem er eine plausible Erklärung seiner aussichtslosen Lage erfand, wurde er mitgenommen nach Charleston, von wo aus er sich als Seemann nach New York einschiffte.
Das Schiff näherte sich dem Hafen in einem der berüchtigten Septemberstürme und wurde auf die Felsen der Jerseystrände getrieben, und wurde dort zu einem kompletten Wrack. Wilhelms und zwei seiner Crew fanden, während die Passagiere in der äußersten Angst und während des Durcheinanders um das Land zu erreichen, waren, hierbei eine perfekte Gelegenheit, und sammelten die Wertgegenstände, die unbeaufsichtigt waren, und nahmen dann einen Platz in dem Rettungsboot, welches allerdings in Stücke zerschlug noch bevor es den Strand erreichen konnte, und zwei der Insassen ertranken.

Bild : Wrack im Sturm, Quelle : eigene Postkartensammlung

Hier nun beschlossen Wilhelms und seine Kameraden den Beruf der Strandräuber zu ergreifen und häuften eine beträchtliche Summe durch ihre erfolgreichen Diebstähle an. Manch unglückliches Opfer ließen sie vor ihren Augen umkommen, so gierig waren sie auf Beute, obwohl sie einige hätten retten können. Wenn dann deren Leichname auf den Strand gespült wurden, raubten diese gewissenlosen Diebe deren Geld, Uhren, und rissen ihnen sogar deren Kleidung vom Leibe.

Nun gibt es mehrere Gruppen von Strandräubern an den Ufer von New Jersey, die seit vielen Jahren ihren Anspruch verteidigen, und vom Unglück anderer leben, und sich wie Geier vom Tode nähren.
Die Gesetze reichen nicht aus, um sie zu bestrafen ; sie verhöhnen die zivile Obrigkeit, Verwaltungsbeamte wurden durch ihre vereinigten Banden vertrieben, und sie werden bis zum heutigen Tage geduldet, und stillen ihre Gier an dem Besitz anderer.

Die Todesseufzer der Sterbenden werden nicht beachtet, die Schreie der Mütter, wie sie ihr Kind auf dem Wrack flehentlich hochhalten um es retten zu lassen, werden nicht beachtet, und der grausame Strandräuber stößt vielleicht den Körper, den er gerade geplündert hat, und in dem er kein Leben mehr vermutet, zurück in die Brandung, aus der dieser gerade kam.
Ach, was ist der Mensch noch, wenn Mitleid, Gefühl und Gemüt erlöschen ?

Bild : Wreckers, Quelle : eigene Postkartensammlung

Ein Konkurrenzneid erwachte nun bei den alteingesessenen Strandräubern gegen Wilhelms und seine Kameraden, die als Eindringlinge in deren Jagdgebiet angesehen wurden, eine Abordnung wurde aufgestellt, um diese aus deren angestammten Revier, in das die eingedrungen waren, wieder zu vertreiben.
Sie griffen die Hütte an, wo die drei Räuber Schutz vor dem rauhen Wetter gesucht hatten, und sich häuslich niedergelassen hatten, wenn man das so nennen darf, und nach einer ernsten Auseinandersetzung, in der Wilhelms Arm schwer verletzt wurde, vertrieben sie diese von ihrem Standort und zwangen sie den Strand zu verlassen und die Beute zurückzulassen, die sie im Sand vergraben hatten auf dem die Hütte stand. In dem Raufhändel wurde Wilhelms so schwer verletzt, daß er entschied sich Hilfe in einem New Yorker Krankenhaus zu suchen.
Es gestaltete sich schwierig dort Zugang zu erlangen, und war nur unter Verweis auf die Bordlisten des verunglückten Schiffes möglich und mit Erfindung einer glaubhaften Geschichte über seinen Verbleib in der Zwischenzeit, wodurch auch die Wunden erklärt wurden, und er fand Zuflucht im Marinehospital von Staten Island.
Er blieb auf der Krankenliste des Hospitals für etwa zwei Monate, bis er für gänzlich wiederhergestellt erklärt wurde und er ein Angebot auf sofortige Anstellung an Bord eines Schiffes erhielt. Dieses wies er zurück und beschloss ein Stadtleben zu versuchen, nachdem er so wenig erfolgreich in der Verwendung seiner unrechtmäßig erworbenen Güter gewesen war.
Er schlenderte auf und nieder durch die Straßen der dichtbevölkerten City von New York, nicht wissend, welchen Lebensweg einzuschlagen ; um ihn herum Betriebsamkeit und Durcheinander, und jeder wirkte in Geschäfte eingespannt, und nur hierauf Aufmerksamkeit zu legen. Er ging ohne Mahlzeit die ganze Nacht durch die Straßen ; er hatte kein Geld für Essen, und gegen Morgen setzte er sich auf einen Ballen am Anleger, grübelnd, ob er nicht doch wieder zur See fahren sollte, oder doch seinem Glück auf zukünftige Anstellung vertrauen sollte.

In dieser Situation wurde er in seiner Muttersprache angesprochen durch einen schäbig aussehenden Burschen, der sich vorstellte als professioneller Bettler, mit Einkünften aus keiner alltäglichen Beschäftigung.
Er gab sich aus als Mitglied einer Gang von verschiedenen Auswanderern, von denen die meisten Italiener seien, die das Land mit Bittbriefen und gefälschten Empfehlungen und eidesstattlichen Erklärungen abgrasten nach Almosen, vorgebend Opfer eines Hochwassers oder eines Feuers zu sein, je nach Herkunftsland, und deren Landesgenossen darüber dann hilfsbedürftig seien.

Sie erhielten üblicherweise Zuwendungen unter dem Vorwand, Mittel zu sammeln um ihre Familien in dieses Land zu holen. Der Bund hätte letztlich eine gemeinsame Kasse, und würde von Funktionären nach ihre Wahl geleitet werden ; durch diese würden sie in die verschiedenen Gegenden abgeordnet zum Einwerben und mit welcher ergreifenden Geschichte sie aufwarten sollten. Sie seien nun über vierzig an der Zahl und würden täglich mehr. Wenn ein neues Mitglied in die Bruderschaft aufgenommen werden möchte, so würde eine bestimmte Einstiegssumme festgelegt, zu bezahlen aus dem ersten Erworbenen, um ihn gleichberechtigt zu den bestehenden Mitgliedern des Clans zu stellen ; dieses würde in die Allgemeinkasse eingezahlt zum Allgemeinwohl. Der neue Bekannte schlug Wilhelms vor beizutreten, und Hunger und Elend bewogen ihn zu diesem Schritt.
Der erste Weg von Wilhelms war der zu einem Bettelmönchen in der Stadt, und so glaubhaft war seine Schilderung des Elends, daß er noch über seine eigenen Erwartungen Erfolg hatte. Schnell wurde er zu einem der nützlichsten Werkzeuge der Vereinigung der Bettler, und ungeachtet einer ungeschickten Auseinandersetzung mit seinen Gefährten wäre er noch heute dabei.
Er war nämlich so engagiert bei der Sache, daß er sich über die anderen erhob, die Weisungsgewalt an sich riss und es so weit trieb, daß seine Kameraden raunten, stritten, und ihn schließlich aus der Gemeinschaft ausschlossen, und ihm nur einen kleinen Anteil aushändigten von dem, was er zur Gesamtkasse beigetragen hatte.
Danach schiffte er sich nach Le Havre ein, und überquerte den Atlantik ohne irgendwelche erwähnenswerten Wertgegenstände.

Wilhelms ging an Bord der amerikanischen Brigg Braganza am achten Juli 1838 mit dem Ziel Genua.
Die Offiziere und Mannschaft bestanden aus Kapitän Turley, der allgemein unter den Seeleuten der" **Teufel von Philadelphia** " genannt wurde,
Mr. Vandersluyse, der erste Steuermann, Mr. Moore, der zweite Steuermann, sowie Hans Knudsen, John Adams, Joseph Ver Bruggen und Wilhelms als Matrosen, Thomas Brown, ein Farbiger, der als Koch notiert war,
und ein Junge genannt James Davey.
Die Passagiere waren Mr. und Mrs. Deal, (der Schiffsbesitzer und seine Ehefrau), und Mrs. Turley, die Gattin des Kapitäns.

Es ist notwendig die Einzelheiten dieser entscheidenden Begebenheit in Wilhelms Leben und Schurkereien zu betrachten, weil es diejenige ist, für die er verurteilt wurde, und durch das Gesetz bestraft werden wird ; und weil die Öffentlichkeit nicht mit allen Einzelheiten vertraut ist, wird dieses einen äußerst wichtiger Aspekt in dieser Geschichte einnehmen.

Gleich nach dem Auslaufen befand die Mannschaft, daß die Tyrannei des ersten Offizieres unerträglich sei, und und in mehreren Unterhaltungen untereinander kamen sie überein, sich dem zu widersetzen.
Verschiedene Pläne wurden vorgeschlagen, und Wilhelms war einer der Eifrigsten im Herbeiführen der Geschehnisse, die sich dann später ereigneten.
Am fünften August wurde unter ihnen beschlossen, daß in der Wache von Vandersluyse, die um zwei Uhr morgens beginnen würde, und zu der Hans und Ver Bruggen eingeteilt waren, sie den ersten Steuermann (Vandersluyse) bezwingen und binden wollten und danach Besitz vom Schiffe ergreifen wollten, den Kapitän töten und die Passagiere absetzen wollten und danach das Schiff mit Ladung nach eigenem Dafürhalten ausnutzen wollten.
Das Schiff hatte die Azoren passiert und war etwa 350 Meilen vom europäischen Kontinent entfernt.
Nach Antritt des Steuermannes Wache kehrten Wilhelms und Adams an Deck zurück und versuchten mit Unterstützung von Hans und Ver Bruggen Vandersluyse zu überwältigen.
In dem Kampf, der sich ergab, wurde dieser schwer verwundet und stürzte in den Niedergang, von wo aus er sich in die Kajüte rettete, verwundet und kampfunfähig.
Kapitän Turley, der erwacht war durch den Lärm, kam an Deck gefolgt vom zweiten Steuermann, wo sie von den vier Meuterern angegriffen wurden.
Ver Bruggen ergriff diesen sogleich und legte ihn mit Wilhelms Unterstützung flach auf das Deck ; Wilhelms stach ihn mehrmals mit einem Seglermesser. Durch große Anstrengung gelang dem Kapitän die Flucht in die Kajüte, wo er ein Entermesser ergriff und einen erneuten Ausfall an Deck unternahm. Während seiner Abwesenheit entfernten Adams und Wilhelms ein Stück der Kajüttreppe, ausreichend groß, um eine Person außenbords zu werfen ; dann schmissen sie den zweiten Steuermann (welcher ihnen hartnäckig Widerstand geleistet hatte, bewaffnet mit einem Belegnagel) überbord, und dieser zog Hans Knudsen mit sich, und beide waren in Gefahr zu ertrinken, bis daß Hans ein Seil zugeworfen wurde, der dadurch wieder an Bord kam, während der zweite Steuermann ihm nachkletterte, als Ver Bruggen ihn mit einem Knüppel schlug und ihm dem Arm brach. Hans Knudsen hatte beinahe zwei seiner Finger durch ein Seemesser in der ersten Auseinandersetzung eingebüßt ; es gelang ihm irgendwie das Deck zu erklimmen, als der Kapitän wieder heraufkam mit einem Entermesser bewaffnet.
Dieses zog ihre gemeinsame Aufmerksamkeit an sich und sie machten einen gemeinschaftlichen Angriff auf ihn. Der erste Steuermann kroch den Niedergang hinab, während die vier Meuterer beschäftigt waren den Kapitän zu entwaffnen ; und das erst nachdem dieser einige Wunden dem Ver Bruggen zugefügt hatte, eine an seinem Kopf und eine an dessen Handrücken.

Dann hielten sie ihn nieder und fügten ihm so einige Wunden zu ; dann nach einigen Minuten warfen sie ihn überbord an der Öffnung der Reling, die sie zuvor geschaffen hatten.
Der Kapitän versucht an den Ketten wieder emporzukommen und sagte zu der Mannschaft :
"Männer, wenn ihr nur mein Leben verschont, so will ich dieses alles vergeben!"
Aber er erlitt einen Schnitt über die Hand und verlor seinen Halt, und fiel schnell nach achtern ab vom Schiff, dessen Geschwindigkeit wohl zwei Knoten betrug. Die letzten Worte, die von ihm gehört wurden waren : "Oh mein Gott, ich sterbe", er ist sehr wahrscheinlich ertrunken. Mrs. Turley schrie nach einem Seil, um es ihm aus dem Kajütenfenster zuzuwerfen, aber sie wurde nicht beachtet.
Die Kajütentür wurde dann vernagelt um sie zu sichern und es wurde eine schwere Kette daherumgelegt ; so verblieb die Lage für zwei Tage, in denen die Passagiere und die Steuermänner nur durch das Fenster mit den Meuterern kommunizieren konnten.
Wilhelms wurde zum Kapitän ernannt und Adams nahm die Stelle des Steuermannes ein. Etwa sechs Stunden später wurde der Kurs des Schiffes geändert, und ging nun auf Gibraltar, in Länge 11 ° West und Breite 27 ° Nord. Am nächsten Morgen steuerten sie West-Nordwest.

Die Meuterer beratschlagten, auf welche Weise sie die Gefangenen in der Kajüte loswerden sollten ; Adams und Ver Bruggen waren dafür, ihre Zungen zum verstummen zu bringen durch einen rücksichtslosen Angriff, während Wilhelms und Knudsen vorschlugen, ihnen das Langboot zu geben.
Die Passagiere und Steuermänner wurden nach Geld befragt und gezwungen all ihre Waffen und Munition aus dem Kabinenfenster hinauszuwerfen. Die nautischen Instrumente wurden ihnen ebenso abgenommen, und sie wurden damit bedroht, daß die Kabinenfenster vernagelt würden und sie hungern müßten, wenn sie sich weigerten, auch ihre Uhren, Juwelen, etc. abzugeben, und es wurden Vorbereitungen getroffen Planken über die Oberlichter zu nageln.
Die widersetzten sich allerdings noch für eine Weile, bis dann Hans Knudsen damit begann große Mengen an Rauch zu erzeugen und in die Kabinen eizublasen, welches sie beinahe erstickt hätte, sodaß sie einwilligten, ihre Wertgegenstände auszuhändigen.
Der Koch war im Vorschiff eingesperrt, weil er sich weigerte an der Meuterei teilzunehmen ; und dem Jungen Davey war das Betreten des Decks nur gestattet, weil er eine so bedeutungslose Rolle spielte.
Die Häftlinge der Kabine wurden am zweiten Tag an Deck gelassen, und die schlugen dort vor, das Schiff zu nehmen und den Piraten die Flucht in dem Langboot zu gestatten ohne weitere Behelligung. Wilhelms setzte jedoch zuletzt durch, daß die Gefangenen selbst das Langboot nahmen, und diese mußten unter Zwang schwören unter Androhung des sofortigen Todes, daß sie niemandem die Vorkommnisse an Bord der Braganza enthüllen würden.

Um etwa vier Uhr diesen Tages wurde das Langboot ausgerüstet mit Kompass, Verpflegung und Wasser, und der zweite Steuermann, Mr. und Mrs Deal und Mrs. Turley sowie der Koch wurden hineingesetzt ; dem ersten Steuermann wurde verweigert sie zu begleiten und er starb ungefähr achtzehn Stunden danach ; der Junge begehrte mitzufahren, aber auch ihm wurde dieses untersagt. Sie wurden am folgenden Tage von der Brigg Edwin aufgenommen auf deren Reise nach Greenock, Schottland.
Die Braganza, nachdem sie den englischen Kanal passiert hatte, wurde von den Meuterern auf Grund gesetzt, als sie die Nordsee in der Nähe von Emden, dem Königreiche Hannover zugehörig, erreichten, und dann verließen sie das Schiff.
Ihr Verhalten erregte Verdacht, und sie wurden von den Behörden verhaftet und in das Gefängnis geworfen, wo Adams sich das Leben nahm.
Unter der Aufsicht des amerikanischen Botschafters wurden sie dann als Gefangene der Vereinigten Staaten auf der Shepherdess nach New York überführt.
Dort verblieben sie im Gefängnis, bis daß sie am ersten Tag des Mai vor Gericht gestellt wurden.
Sie waren angeklagt vor dem U. S. Bezirksgericht wegen Mordes auf hoher See an Kapitän Turley von der Brigg Braganza. Wilhelms und Ver Bruggen wurden gleichzeitig verhandelt, und die Beweise waren derart überzeugend, daß diese sich nicht verteidigten ; aber deren Anwalt brachte vor, daß der Staatsanwalt nicht ausschließen konnte, daß es sich anstelle von vorsätzlichen Mordes nicht doch um einen Totschlag aufgrund der Gewalttätigkeit des Kapitäns oder des ersten Steuermannes der Besatzung gegenüber gehandelt habe, der aus einer plötzlichen Auflehnung heraus entstand, ohne vorsätzliche Vorausplanung.
Die Jury beriet sich etwa fünf Minuten und verkündete das Urteil SCHULDIG für beide Gefangenen.
Hans Knudsen wurde danach verhandelt, und ein Urteil auf SCHULDIG wurde von der Jury gefällt mit der Empfehlung auf Begnadigung durch das Gericht.
Die Gefangenen wurden dann wieder eingesperrt, und Ver Bruggen erhängte sich unter Zuhilfenahme eines Bettuches von seiner Bettstatt kurz danach selbst in seiner Gefängniszelle.
Der Knabe Davis, der sich lediglich als Zeuge im Gefängnis aufgehalten hatte, schnitt sich selbst die Kehle und die Armschlagadern auf und starb daran.
Die zwei Übriggebliebenen, Hans Knudsen und Cornelius Wilhelms, verbleiben im Gefängnis ; der letztere wird am 21. Juni hingerichtet werden - dies wird die erste Exekution in der Nähe der Stadt sein seit langer Zeit, und wird verfolgt werden durch Bürger, die eine Segelreise im New Yorker Hafen nicht scheuen.
Es wird die Abschiedsvorstellung vom Lebens des Piraten Wilhelms sein.
Die Chirurgen mögen ein Abbild seines Präparates erstellen, aber diese Seele hat vor dem Richterstuhl ihres Schöpfers zu erscheinen.

Der Pirat

geschrieben von einem protestantischen Geistlichen,
nach dem Besuch der Piratenzelle,
in die ihm der Zugang verwehrt wurde,
und in die hernach ein katholischer Priester ersuchte einzutreten.

Der Pirat saß
inmitten dieser Gefängniswände -
zum Tode verurteilt wegen Mordes.
Er sah einen seiner Kameraden flehen um Gnade,
und dennoch mit teuflischer Genugtuung
versenken den Dolch in seine Brust
und ihn zwingend in das nasse Grab.
Die Bibel sagt :
" Der, der Gnade erbittet, der soll sie erhalten. "
Der Pirat indes mag glauben,
doch ohne Hoffnung auf Begnadigung.

Der Priester saß bei der Beichte,
um die Seele zum Fegefeuer zu reinigen
- vergebliche Hoffnung !
Dieser Mann mag seine Verbrechen gestehen,
Reue durch Sterbensangst verzeiht das.
Aber nur Gottes Richterstuhl
enthüllt alle Schuld.

Der Tag der Hinrichtung kommt -
Der Pirat antrifft sein Schicksal ;
ach ! zu spät erkennt er seine Verfehlungen.
Ein Haufen umsteht ihn um seine Schande anzusehen ;
Mütter mit Kindern in ihren Armen, sie halten sie hoch
um einen Verbrecher sterben zu sehen ;
und kleine Jungs verhöhnen ihn in seinem Todeskampf.
Und Väter bieten ihren Sprößlingen eine furchtbare Warnung
indem die des Piraten Tod erschauen.

- eigene Übersetzung -

Einschub, Gedanken zu den beiden obigen Artikeln :

Uns liegen nun sehr unterschiedliche Darstellungen der Person Wilhelms vor.
Wir waren erstaunt, daß zwei Reporter unseren Mann derart verschieden interpretiert haben.
Seit nunmehr drei Jahren versuchen wir uns in den Menschen Wilhelms und seine Situation einzudenken. Die auseinandergehenden Beschreibungen schlüsseln wir aus unserer Sicht im Folgenden auf :

Der Bericht von Elton wurde noch zu Lebzeiten Wilhelms veröffentlicht. Es war ein Büchlein für die breite Masse, die einer Hinrichtung entgegenfieberte.
Man bedenke, daß R. E. Elton dem Föhrer erst ***nach*** dessen Verkündung seines Todesurteiles gegenübersaß. Er wollte beweisen, daß Unbildung zwangsläufig zu Verbrechen führt. Durch geschickte Fragestellung konnte der Autor den Mann dann in sein gewünschtes Licht rücken.

Wir wissen, daß Wilhelms das Buch gelesen hat.

Bei genauem Lesen sieht man, daß der 'SUN-Artikel' erst nach dessen Tode erschienen ist.
Und das hat auch seinen Grund : Der Reporter verwendet nicht nur die mündlichen Erzählungen Wilhelms, sondern auch dessen persönliche Briefe an seinen Jugendfreund.
Die 'The Sun' hatte Wilhelms monatelang begleitet und interviewt, daneben auch in dessen Umfeld recherchiert, und ein schlüssiges Gesamtbild der Person geliefert. Der Bericht ist so umfangreich, daß er heute einem Fachartikel der FAZ gleichkäme. Er ist für Intellektuelle bestimmt gewesen.

Die Episoden, die uns Wilhelms so nahebringen, waren für die Öffentlichkeit eigentlich nicht bestimmt. Es waren private Briefe an seinen Jugendfreund Jungrörd Nickelsen auf Föhr.
Erst mit der Kenntnis des zuvor erschienen Elton-Berichtes versteht man nun auch das Kapitel 'Ausklang' des SUN-Artikels. Deshalb wird darin ausdrücklich erklärt, daß nur hier eine wahrheitsgemäße und von ihm gutgeheißene Darstellung seines Lebens vorliegt.
Im Grunde genommen ist der SUN-Bericht eine Gegendarstellung zum Elton-Buch. Mehrfach wird dort explizit auf die kultivierte Ausdrucksweise und das geübte Schriftbild hingewiesen, die eben nicht zu einem ungebildeten Seemann passte.
Mit mehreren Originalzitaten verbürgt sich die 'The SUN' für die Richtigkeit ihrer Einschätzung des Wilhelms als Mann aus gutem Hause.

7 Föhr

Nicht alles läßt sich durch das Internet klären.
Uns wurde klar, daß einer von uns ein paar Tage Urlaub auf Föhr verbringen mußte.
Das Los fiel auf Peter, der sich im November auf den Weg machte.

Peter mietete sich im Nachbarhaus des Geburtshauses von Wilhelms bei Familie Cornelius Nickelsen ein.
Mithilfe eines Lageplanes aus dem Werk von Lorenz Braren konnten alle Gebäude zugeordnet werden.
Nach der vielen Arbeit im stillen Kämmerlein und in den Archiven war es jetzt aufregend in der Straße zu stehen, in der Wilhelms seine Kindheit verbracht hatte.

Bild : Wilhelms Haus im Vordergrund, im Hintergrund das Haus von Jungrörd Nickelsen. - eigenes Foto -

Das ehemalige Haus von Jungrörd Nickelsen, dem Jugendfreund, an den die Briefe gerichtet waren, ist noch heute von seinen Nachfahren bewohnt.
Das untenstehende Bild zeigt es in den Fünfzigerjahren noch reetgedeckt.

Bild : Abfoto mit freundlicher Genehmigung der jetzigen Bewohnerin.

Am Ende des Aufenthaltes auf Föhr lohnte sich noch ein Besuch auf dem bekannten Föhrer Friedhof der sprechenden Grabsteine.

Hier liegt unter anderen auch der berühmte Walfänger Kapitän Matthias Petersen begraben, der als erfolgreichster Walfänger unserer Küste „der glückliche Matthias“ genannt wurde.

Hier fand ich nun auch die Grabstelle des Jugendfreundes von Wilhelms :

Bild : Grabstein der Familie Jungrörd Nickelsen
auf dem Friedhof auf Föhr.

- eigenes Foto -

8 Die Friendship

Die zweite Geschichte, die uns dann in den Memoiren von Wilhelms in „THE SUN“ interessiert hat, war die Geschichte seines Onkels mit dem Schiff „Friendship“.

Wir haben viel überlegt, ob das Schiff wohl Freundschaft hieß.

Fachleute aus dem Flensburger Museum haben uns gesagt, daß bei Übersetzungen die Schiffsnamen nicht eingedeutscht werden.

Nach Aufzeichnung von Wilhelms verlassen er und sein Onkel Malaga um 1812 mit 75 Auswanderern nach New York.

Die dann folgende Geschichte seines Lebens brauchen wir hier nicht wieder zu beschreiben.

Den Onkel von Wilhelms, den Kapitän der Friendship, mit dem Wilhelms seit Kindertagen zur See gefahren ist, und der uns durch seine Ruhe in der Katastrophe so sehr beeindruckt hat, konnten wir leider auch mit dem Werk von L. Braren nicht mit Sicherheit identifizieren.

Wir sind diesbezüglich nicht untätig, aber konkrete Ergebnisse liegen uns bis heute dazu noch nicht weiter vor.

9 Langara

Zu dem Piratenkapitän Don Juan de Langara hatte Wilhelms eine ganz besondere Beziehung gehabt.

Wilhelms war erst 15 Jahre alt, als er an Bord der ‚Naranjo' kam.
Der Mann, von dem Wilhelms sagt, er wäre zu seiner Zeit der Mutigste der Mutigsten gewesen, spiegelt wohl genau den Piratentypus wieder, den wir aus Hollywoodfilmen kennen und bewundern.

Langara war gebildet und schlau. Durch die Anordnung und die Vorkehrungen sein Schiff auch nach einem schweren Gefecht binnen 24 Stunden vollständig wiederherstellen zu können war er wohl als Seeräuber schwer zu entlarven.

Kriegsschiffe, die Piraten suchten und aufbrachten, begegneten so immer einem wohlgekleideten, mehrsprachigen, galanten Kapitän auf einem blütenweißen Schiff.
Wir vermuten, daß Don Juan de Langara nicht sein wahrer Name war.

Kurze Zeit zuvor war der berühmte spanische Admiral gleichen Namens in mehreren Militäraktionen auch in der Karibik unterwegs und gefürchtet.
Dieser Admiral verstarb 1806 in Madrid im Alter von 70 Jahren, und wir vermuten, daß unser Piratenkapitän das Leben des Verstorbenen weiterlebte oder an dessen Ruf anknüpfen wollte.

Wilhelms berichtet, daß die ‚Naranjo' 1823 aufgebracht wurde, und das genannte Datum passt exakt zu den Säuberungsaktionen des Westindiengeschwaders der Vereinigten Staaten in der Karibik.

Wilhelms flieht mit einem weiteren Piraten in die Berge Trinidads und verbringt einige Monate bei einem Indianerstamm. Sein Kapitän wird nach seinen Aussagen zufolge in der Montego Bay auf Jamaica gehängt.
Wir finden in den Archiven namentlich neun Piraten erwähnt, die zu dem passenden Zeitpunkt dort hingerichtet wurden.

Leider können wir unseren Mann dort nicht sicher identifizieren, aber einer der Piratenkapitäne, **Juan Hernandez**, streift sich bei der Hinrichtung am 7. Februar 1823 als einziger die Augenbinde ab, genau wie 16 Jahre später Wilhelms dieses versuchte in New York.

Bild : **Der spanische Admiral Langara**, 1736 - 1806,
gezeichnet von H. Nickoleit nach historischen Vorlagen

10 Die blasse Frau

Eines der ersten Erlebnisse Wilhelms auf der ‚Naranjo' war die Kaperung des Schiffes vor Cap Hatteras, dem sie aufgelauert hatten. Und hier ist es der Freitod der „blassen Frau", den er im Januar 1813 beobachtet und nicht mehr vergisst.
Selbst die Unterhaltung zwischen Piratenkapitän Langara und der Dame ist ihm noch 26 Jahre später fast wörtlich in Erinnerung geblieben.
Nur der Name des Vaters der stolzen Dame ist ihm nicht mehr erinnerlich.
Heute, genau 200 Jahre später, können wir durch Recherchen und Kombinationen diese Frau identifizieren :
Sie war Theodosia Alston-Burr, die Tochter des dritten Vizepräsidenten der Vereinigten Staaten von Amerika und die Ehefrau des Gouverneurs von South Carolina.
Das Schiff war die verschollene **„Patriot".**

Und dieses ist wirklich eine kleine Sensation !

Denn das Schicksal dieses Schiffes, seiner Besatzung und der Passagiere ist bis zum heutigen Tage trotz intensiver Suche ungeklärt und in den USA ein großes Rätsel geblieben.

Theodosias Vater war Aaron Burr. Er wurde geboren am 6. Februar 1756 und sein Leben endete am 4. November 1836.
Er war der dritte Vizepräsident unter Thomas Jefferson, bekannter amerikanischer Jurist und Politiker.
Wegen einer Rufmordkampagne, die er Alexander Hamilton unterstellte, forderte er diesen zum Duell auf und verletzte ihn am 11. Juli 1804 tödlich.
Daraufhin mußte er das Land verlassen und ging ins Exil nach Europa. Später kehrte er nach Amerika zurück.

Theodosias Mutter war Theodosia Prevost, geborene Bartow, verwitwet. Sie heiratete am 2. Juli 1782 Aaron Burr. Das Paar hatte zwei Töchter, aber eine verstarb noch im Kindesalter. Die Mutter von Theodosia starb im Alter von 48 Jahren.

Bild : **Duell Burr gegen Hamilton 1804**, Gemälde von J. Mund 1823,
historisches Gemälde, in allen Schulbüchern zu finden,
nun public domain

Aaron Burr vertrat im Umgang mit Frauen eine für seine Zeit moderne Auffassung. Er ließ seiner Tochter Theodosia die bestmögliche Ausbildung zuteil werden.
Unsere Theodosia wurde am 21. Juni 1783 in Albany, New York geboren.
Als ihre Mutter starb war sie gerade 10 Jahre alt.
Am 2. Februar 1801 heiratete sie Joseph Alston, einen reichen Farmer und Politiker aus South-Carolina.

Alston war Gouverneur von South-Carolina, besaß große Plantagen, die „Oaks", und viele Sklaven.
Im Sommer 1812 verlor Theodosia ihren einzigen Sohn von 10 Jahren, und erkrankte schwer.

Sie wollte ihren Vater noch einmal sehen, der sich zu dieser Zeit in New York aufhielt.

Zu diesem Zwecke wurde in 1812 ein Schiff in Georgetown ausgerüstet, die „Patriot", die nach langen Diskussionen die Passage über Cap Hatteras durch die englischen Blockadeschiffe unternehmen sollte, weil eine Landreise der schwer erkrankten Theodosia nicht mehr zuzumuten war.

Das Schiff wurde geführt von Kapitän William Overstocks, an Bord befand sich auch der Leibarzt der Familie, Dr. Timothy Green.
Am 31. Dezember 1812 verläßt die ‚Patriot' Georgetown **und wird nie wieder gesehen.**

Der nach Wilhelms erstem Seegefecht auf die ‚Naranjo' übergelaufene Engländer hatte sich in den Häfen der Südstaaten umgesehen, und konnte Kapitän Langara auf aussichtsreiche Beute aufmerksam machen.

Kapitän Langara ging auf dessen Hinweise ein und er nahm Kurs auf Cap Hatteras.

Dort lauerten sie dem Schiffe auf, und nach der Kaperung der „Patriot", deren Namen unkenntlich gemacht wurde, war Langara bewußt, **daß er die Gouverneursgattin vor sich hatte.**

Bild : **Theodosia Alston-Burr**, Zeichnung von H. Nickoleit
nach historischen Ansichten

Bild : **Aaron Burr**, Zeichnung von H. Nickoleit
nach historischen Ansichten

11 Die Hinrichtung

Hinrichtungen hatten schon immer eine gespenstische Anziehungskraft auf den Menschen.
Ellis Island war seit Jahrhunderten schon der Schauplatz von Exekutionen in New York und wurde früher Gibbet Island, die Galgeninsel, genannt. Hier wurden zahlreiche Piraten gehenkt.

Am 21. Juni 1839 machte Wilhelms den letzten Strich auf seinem Kalender an der Zellenwand.

Um über Wilhelms Gefühlswelt in seinen letzten Stunden auf Erden nicht spekulieren zu müssen, veröffentlichen wir hier einige Zeitungsberichte von Reportern, die bei der Hinrichtung zugegen waren.
Von uns sei angemerkt, daß entgegen Eltons Darstellung hier kein verängstigter Schwächling zum Galgen geht.

Zitat : Aus : Vermont Phoenix, (Battleboro, Vt.)
22. Juni 1839
- Chronicle America (The Library of Congress) -
From the New York Evening Star

Hinrichtung.

Der Pirat Cornelius Wilhelms wurde gestern, am Freitag, zur Mittagszeit auf Ellis Island hingerichtet. In der Nacht zuvor war er nach Bellevue verlegt worden wegen eines Vorfalls dergestalt, daß er seinen Wärter Bishop im Stadtgefängnis mit 500 $ bestach und dieser ihm eine Feile zu seiner Flucht besorgte.
Und dieser kaltblütige Mörder, der über seine gesamte Gefangenschaft und im Angesicht seiner Hinrichtung die größte Stumpfheit und Gleichgültigkeit zur Schau stellte, gab nun vor, nicht aus der Welt scheiden zu können ohne diesen Vorfall zu enthüllen.
Es ist anzunehmen, daß dieses ein Vorwand ist in der Hoffnung Zeit zu gewinnen als Zeuge bei der Untersuchung und dadurch seine Gnadenfrist zu verlängern.
Mr. Bishop wurde arrestiert, aber niemand schenkt den Anschuldigungen gegen ihn Glauben.

Um 8:30 Uhr morgens wurde der Gefangene an Bord des Dampfbootes Hoboken geleitet, welches zu diesem Zweck nach Bellevue gekommen war, an Bord anwesend zwei Kompanien US Marines unter dem Kommando von Colonel Boon sowie Staatsbedienstete, Pressevertreter und andere eingeweihte Personen.

(**Anmerkung** : laut anderer Quellen hielt dieser Colonel bei Ankunft an Pier No. 30 eine „kernige" Ansprache an die Anwesenden.)

Nach Ankunft in der Bucht von Ellis Island wurde er in einen Raum mit einem Geistlichen verbracht, zeigte aber eine solche Abscheu und Bitterkeit über diese unnütze Zeremonie, wie er sie nannte, sodaß er auf seinen ausdrücklichen Wunsch zum Galgen geführt wurde bereits eine halbe Stunde vor der festgesetzt Zeit der Hinrichtung, welche um 13:00 Uhr gewesen wäre.
Es ist nicht notwendig die Ausdrücke näher zu beschreiben, die dieser gefühllose Mann fallen ließ und die ein völliges Fehlen von Reue oder gar Anstand zeigten. Nicht in seinen Bewegungen oder seinem Aussehen zeigte er die kleinste Anteilnahme, nicht einmal unter dem Galgen stehend, zur Schau stellend die Teilnahmslosigkeit eines brutalen Tieres .
Zu einigen Umstehenden sagte er, er wäre unschuldig und würde ermordet, daß er den Kapitän tötete, weil dieser ein Schinder war, daß er keine Angst vor dem Tod hätte etc..
Zuletzt klagte er Durst und fragte nach einem Getränk. Als ihm eine Kappe übergezogen werden sollte schmiß er sie verächtlich beiseite und meinte diese würde er nicht benötigen.
Nachdem alles vorbereitet war und er getrunken hatte sagte er:
„ Ich bin bereit ! ".

(**Anmerkung** : nach anderen Quellen sagt Wilhelms an dieser Stelle :
„Ich bin bereit, laßt sie fliegen Jungs.")

Sofort wurde er in die Ewigkeit gestoßen und er machte dabei kaum eine Bewegung, außer einer Faltbewegung der Hände für einen kurzen Moment.
Nach 30 Minuten wurde er losgeschnitten und seine Gesichtszüge zeigten keinerlei Verzerrung, sondern einen ruhigen Ausdruck. Wilhelms wurde in einen blauen Umhang eingewickelt.
Obwohl die Hinrichtung auf einer entfernten Insel in der Bucht stattfand, wurden 6000 Zuschauer gezählt, unter ihnen viele Frauen.
Sein Körper war nach dem Abnehmen vom Galgen zu kalt für galvanische Experimente, und es war zudem keine voltaische Batterie auf der Insel.

(**Zusatz :** An anderer Stelle berichtet ein Augenzeuge im
New York Express vom 22. Juni 1839 : **- Zitat -** :

Wir betrachteten den Körper in seinem Sarg liegend, und niemals zuvor sahen wir so wenig Verkrampfung seitens eines gewaltsamen Todes wie in diesem Falle.
Mit der Ausnahme einer Verfärbung, die jeweils einer Strangulation anzuschulden ist, war seine Ansicht ruhig, und er trug ein milderes Ansehen als zu Lebenszeiten.
Die intensiv dunkelblauen Augen blitzten noch immer. Nase und Stirn drückten Entschiedenheit aus, und ebenso der Mund, obwohl offenstehend, zeigte eine steife Oberlippe mit einem erschreckenden Ausdruck von Entschlossenheit und unbezwingbarer Härte.
Willing (Anm. : Wilhelms) war wie ein Seemann gekleidet. Blaue Jacke, blaue Weste, weißes Hemd, blaue Hosen, leichte Schuhe und Kniestrümpfe waren seine Kleidung.
Er schien unbekümmert über alles seine Hinrichtung Betreffende bis auf das Überziehen einer Augenbinde. Dieses lehnte er vehement ab und versuchte die Binde abzustreifen, aber während des Versuches wurde das Seil angezogen, und die letzte Reise war vollzogen.) **- eigene Übersetzungen -**

Anmerkung : aus dem Werk von L. Braren wissen wir, daß nicht der Wärter Bishop, sondern der Föhrer Lorenz Tschech für Wilhelms Feilen in das Gefängnis schmuggelte. L. Tschech arbeitete als Lotse in New York.

Ansicht des Hafens und der Stadt New-York.

Bild : Der Hafen von New York. Links unten liegt Ellis Island, die Stätte der Hinrichtung. Lithographie um 1850, aus unserer eigenen Sammlung.

Zitat : Aus : New York Ny American for the Country
1839 - 1843 Old Fulton NY Post Cards
By Tom Tryniski

Hinrichtung

Gestern wurde das Urteil gegen Cornelius Wilhelms, einem der Meuterer der Braganza und Mörder des Kapitäns, vollstreckt. Es fand statt auf Ellis Island unter der Oberaufsicht des United States Marshalls. Wilhelms Betragen war durchwegs gekennzeichnet durch eine unerweichbare Gleichgültigkeit seinem Tode gegenüber sowie ungereimten Ansichten bezüglich eines Jenseits.

Er rechtfertigte seine Tat indem er sagte, daß er „den Kapitän tötete, der uns so schlecht behandelte, daß wir dazu genötigt waren." Als er hingerichtet werden sollte sagte er: „Ich gehe gen Himmel, weil ich nicht mit einem schlechten Herzen sterbe."
Er wurde begleitet von Mr. Tappan, dem Aufseher des Gefängnisses und von Mr. Stolman, einem lutheranischen Geistlichen, aber er schien nicht von ihrem Beistand zu profitieren.
Zur Schande der menschlichen Natur wurde dem Blutdurst durch eine tausendfältige, lautstarke tobende Zuschauermenge gefröhnt, worunter zahlreiche gutgekleidete Frauen beobachtet wurden.
Im Vorfeld der Exekution machte der Gefangene einige Enthüllungen, belastend den Mechaniker des Gefängnisses, einen Mr. Bishop, dem er eine Beihilfe zur Flucht anlastete, indem dieser ihn mit Feilen zu diesem Zwecke versorgt haben solle.

Eine eidesstattliche Erklärung diesbezüglich wurde veröffentlicht , aber unter diesen Umständen erachten wir es als unnötig solche einseitigen Anschuldigungen aus dieser Quelle zu veröffentlichen, umsomehr die Anklage gegen Bishop, der ein staatlicher Bediensteter ist, unzweifelhaft durch die ordentlichen Behörden untersucht werden wird.

- eigene Übersetzung -

Ein anderer Artikel moralisiert die Umstände in der Todeszelle. Wir mußten beim Übersetzen hierbei schmunzeln.

Zitat : Aus : New York NY American for the Country
1839 - 1843 Pld Fulton NY Post Cards
by Tom Tryniski

(For the New York American)
Wilhelms der Braganza-Pirat

Es wurde im Saturday's American geschrieben, daß dieser erbarmungswürdige Mann durchwegs und auch in seinen letzten Augenblicken „eine sture Gleichgültigkeit dem Tode gegenüber sowie recht ungereimte Ansichten das Jenseits betreffend " bot.
Ist sich der Herausgeber dabei im Klaren, wieviel dieses empörenden Zustandes dem lasterhaften Leben und der verdunkelten Seele und wieviel der Behandlung zuzuschreiben ist, die ihm im Gefängnis der Hallen der Justiz zuteil wurde seit dem Todesurteil ?
Würde man es glauben, daß es eine Sitte von nahezu Rechtskraft in diesem Gefängnis gibt, und wie man sagt in den Gefängnissen allgemein üblich ist, einen zum Tode Verurteilten nicht nur mit Nachsicht und Freundlichkeit zu behandeln, sonder von den üblichen Regelungen einer Haft abweichend ihn mit Speisen und Spirituosen zu versorgen wie er sie verlangt ?
Mag man es glauben in einem christlichen Land, das mit dem Vorherrschen von Disziplin in seinen Haftanstalten prahlt, Wilhelms " bestens versorgt " war und Gin zu trinken bekam ? Daß er zwei Nächte vor der Hinrichtung volltrunken mit Spirituosen war ?
Und daß in der Nacht vor dem schrecklichen Tag die Verwirrtheit seiner Stimmung und Ansichten unzweifelhaft der Erregung durch Alkohol zugeschrieben werden kann ?

Dieses sind die Tatsachen, und obwohl den Wärtern kein gezielter Vorwurf gemacht werden soll - die im Ganzen als diensteifrige und freundliche Männer erscheinen - zeigt das Übel doch ein erschreckendes Ausmaß und die öffentliche Aufmerksamkeit kann nicht schnell genug darauf gelenkt werden.

Diese Sitte entstand und wurde begünstigt zweifelsohne aus Motiven der Menschlichkeit, aber diese sind gleichermaßen falsch wie verderblich.
Philosophen mögen in ihren Betrachtungen Rahmenregelungen von Haftbedingungen aufstellen - Geistliche und Humanisten mögen den Kriminellen und sein Urteil bewerten - der eine mag das eine verbreiten, der andere mag predigen und beten - aber ihre Bemühungen werden vergeblich sein, wenn die Gefängniswärter unwissend oder nachlässig in ihren Aufgaben und Pflichten sind.

Ein gefüllter Bauch erzeugte noch niemals Reue, während Alkohol sowohl Körper als auch Geist erstickt.
Wir haben keinen Wunsch rührselige Gefühle zu diesem Thema auszudrücken oder hervorzurufen, aber wenn die Ewigkeit mehr als ein Wort ist - mehr als eine göttliche Erfindung um Menschen diesseits zu trösten oder zu ängstigen - dann ist es erforderlich, daß sich Gerichte, Geschworene, Polizei und Öffentlichkeit dieser Sache annehmen.
Da ist ein Jüngling von zwanzig Jahren im selben Gefängnis, ebenfalls Crewmitglied der Braganza, der, obwohl des Mordes freigesprochen, der Piraterie wegen verurteilt ist. Die Umstände dieses Falles, wie auch immer schwerwiegend, werden, bekräftigt durch die Empfehlung von Gericht und Jury, voraussichtlich eine Begnadigung seitens des Präsidenten erwirken - aber, angenommen er erführe ein Todesurteil, wer könnte versprechen, daß er nicht ebenfalls ein Opfer der ***Freundlichkeit*** der Aufseher würde ? -
Wenn er sich weiterhin in diesem Gefängnisteil aufhielte, andauernd die lauten Unterredungen von Kriminellen und Wärtern mitanhörend vielleicht auch über deren Belustigungen seitens ihrer Untaten, und wenn vielleicht Damen erlaubt ist ihn oder seine Zelle zu besuchen als eine krankhafte Befriedigung des Bedürfnisses einen zum Tode Verurteilten zu sehen und anzuhören, und wenn dann auch noch seine Wärter, über sein Schicksal klagend, ihn so ***freundlich*** mit reichlich Speisen und Spirituosen versorgen sollten, und er dann - Gott verhüte es - hingerichtet werden sollte, begleitet Tag und Nacht von Geistlichen, so gut und verständig sie sein mögen, so laßt aber bitte weder den Herausgeber des American noch dessen Leser erstaunt darüber sein, daß in diesem grausamen Momente „er eine sture Gleichgültigkeit dem Tode gegenüber sowie recht ungereimte Ansichten das Jenseits betreffend bot ".

- eigene Übersetzung -

Am 22. Juni 1839
wurde Cornelius Wilhelms
auf , Potters Field ',
einem Armenfriedhof,
an geheimer Stelle
in New York begraben.

12 Nachwort

Borkum im Juli 2013

Sehr geehrter Herr Wilhelms !

Es ist jetzt fast 176 Jahre her, daß Sie in der Todeszelle in New York saßen und Ihre Memoiren schrieben. Durch Zufall haben wir Ihre Briefe wiederentdeckt, ausgewertet und viel über Sie, Ihr Leben in der Karibik und die Seefahrt erfahren.
Wir haben Ihre Insel besucht und können Ihnen versichern, daß sie noch genauso schön ist, wie Sie sie 1830 zum letztenmal gesehen haben. Ihr Haus und das von Nickelson steht übrigens auch noch.
Vielleicht interessiert es Sie : die Piraterie ist wieder im Aufwind, man nimmt heute allerdings mehr Gefangene als zu Ihrer Zeit, und erpresst dann Unsummen an Lösegeld.
Der Name des Vaters der „ Blassen Frau “, welcher Ihnen nicht mehr einfiel, war übrigens Aaron Burr, der 3. Vizepräsident der USA, Sie hatten Ihn vergessen. Bis heute rätseln die Amerikaner über den Verbleib des Schiffes Patriot, aber bald klären wir sie darüber auf.
Die Haftbedingungen für Mörder sind wesentlich schlechter geworden, Alkohol bekommt wohl niemand mehr in der Todeszelle.
Auch den angeblichen Selbstmord des englischen Schiffsjungen James Davies würde Ihnen heutzutage keiner mehr abnehmen. Die Gerichtsmedizin hat mittlerweile ganz andere Möglichkeiten.
Wie Sie es angestellt haben und wen Sie beauftragt haben wissen wir nicht, aber alle, die im Schuldgefängnis saßen brauchten Geld, und Sie hatten welches. Genau wie 1813 das Mulattenmädchen Flora haben Sie den Jungen, der Sie so schwer vor Gericht belastet hat, einfach umbringen lassen.
Sie wünschten sich damals, daß Ihre Aufzeichnungen nicht nur in einem einfachen Heft, sondern in ein „ordentliches Buch gebunden“ erscheinen sollen, diesem Wunsch sind wir jetzt nachgekommen. Auch werden wir zwei Exemplare nach Föhr schicken, wie gewünscht - unter Insulanern eine Selbstverständlichkeit.
Ob Ihr Freund Rörd Nickelson Ihre Kinder adoptieren konnte, wissen wir nicht. Von Ihrem Bruder hielten Sie ja nicht allzu viel.
Mit Ihrer öffentlichen Hinrichtung vor Tausenden von Menschen enden auch für uns zwei spannende Jahre voller Geschichten, die uns gefesselt haben.

Bei Ihrer Hinrichtung haben Sie versucht, die Henkerskappe abzustreifen, genau wie 1824 ein gewisser Juan Hernandez, der von den Engländern in der Montego Bay gehängt wurde. War er der berühmte Piratenkapitän Langara, der Sie so in Ihrer Jugend geprägt hat ?

Selten erhält man so tiefe Einblicke in das Leben eines Piraten und seine Zeit. Gut, daß Sie es aufgeschrieben haben.

Für uns Borkumer hat die Geschichte eine besondere Spannung, denn mit Ihrer Gefangennahme auf unserer Insel endete Ihr freies Leben als Cornelius Wilhelms und das Ihrer Kumpane ebenfalls.

Mit freundlichen Grüßen

Peter de Buhr & Frieder Grävemeyer

PS : Hans Knudson aus Tönning hat der Seefahrt übrigens den Rücken gekehrt.

13 Das Zuckerriff

Nur 136 Jahre nach unserer Geschichte liegt erneut an derselben Stelle, an der die Braganza strandete, ein Zuckerschiff unter vollen Segeln (mit noch brennenden Positionslichtern).
Der norwegische Frachter Gullstryk war beladen mit Streuzucker und geriet in der Westerems vor Holland in Seenot. Die komplette Mannschaft wurde von einem zweiten norwegischen Schiff abgeborgen. Danach trieb das Unglücksschiff herrenlos und unbemerkt Richtung Borkum ab.
Die Gullstryk strandet am 1. November 1974 auf Memmert.

Es ist unglaublich, aber Geschichte wiederholt sich ...

Bild : Der Frachter auf Memmert, vollbeladen mit Zucker.

- eigenes Foto -

Bild : Bergungsfirmen versuchten die Ladung zu retten.

- eigenes Foto -

Überblick Namensliste :

- Cornelius Tunis Wilhelms - Anführer der Meuterer der Braganza, Hauptperson des Buches, gehängt in New York
- Joseph Ver Brüggen - Meuterer der Braganza
- John Adams - Meuterer der Braganza, erhängt sich in der ersten Nacht im Emder Gefängnis
- Hans Knudsen - Meuterer der Braganza, Jungmatrose
- James Davies - Meuterer der Braganza, Schiffsjunge
- George Nikolas Diehl - Eigner der Brigg Braganza
- Mary Diehl - seine Gattin
- Arnel F. Turley - Kapitän der Braganza, ermordet
- Mrs. Turley - seine Gattin
- Thomas Vanderslice - 1. Steuermann der Braganza, ermordet
- Robert Moore - 2. Steuermann der Braganza, schwer verwundet
- Thomas Brown - Smut der Braganza
- Felix Montenon - Auswandererjunge auf der Friendship
- Ysaak Brons - Emder Kaufmann und englischer Vizekonsul
- Simeon Hinrichs Uhlenkamp - Strandvogt auf Borkum 1838
- Klaas van Dyk - wohlhabender Borkumer
- Richter Smith Thompson - Gerichtspräsident des Staates New York
- Richter Samuel Rossiter Betts - Kreisrichter in New York
- Benjamin Franklin Butler - Generalstaatsanwalt des Staates New York
- Mr. Tappan - Generalseelsorger der Stadt New York
- Jan Klaassens Akkermann - Erstkontakt mit den Meuterern in der Osterems
- Bard Peter Ohlsen - dessen Compagnon, Lotse
- Martin van Buren - der achte Präsident der Vereinigten Staaten
- Jungrörd Nickelsen - Jugendfreund des C.T. Wilhelms auf Föhr
- Steven Spielberg - amerikanischer berühmter Filmregisseur
- Matthias Petersen - „der glückliche Matthias“
- Theodosia Alston-Burr - Tochter des 3. Vizepräsidenten der Vereinigten Staaten von Amerika
- Aaron Burr - 3. Vizepräsident der USA unter Thomas Jefferson
- Alexander Hamilton - Politiker der USA, Wahlgegner von Aaron Burr, getötet im Duell
- Joseph Alston - Farmer und Politiker aus South-Carolina, Gouverneur von South-Carolina
- William Overstocks - Kapitän der Patriot
- Dr. Timothy Green - Leibarzt der Familie Alston
- R. E. Elton - Reporter, besuchte C. T. Wilhelms in der Todeszelle

<u>**Danksagung :**</u>

Ein Buch schreibt man nicht alleine.

Hier nun möchten wir uns bei einigen Menschen bedanken, die uns auf dem Weg von der Idee zu einem anfaßbaren Buche maßgeblich unterstützt haben :

Frau Hennings vom Staatsarchiv Aurich hat uns sehr geholfen, die relevanten Dokumente aus den Braganza-Akten zu finden.
Dr. Uphoff, Leiter des Emder Stadtarchivs, sei gedankt für die fachkundige Übertragung einiger Manuskripte.
Franziska Josephine Hoten (Patenkind von Peter) hat uns während ihres Studiums in Groningen die erste wunderbare Übersetzung des Braganza-Artikels der Zeitung THE SUN gegeben.
Carsten Reuß, M. A. und Leiter des Preußen-Museums in Minden und Borkumliebhaber, war unser Schlüssel zu den Sütterlin – Texten des Auricher Staatsarchives.
Dr. Thomas Overdick, Museumsleiter des Flensburger Schifffahrtsmuseum kam uns in allen Anfragen sofort freundlich entgegen.
Die Würze des Buches ist ohne Zweifel dem Phantomzeichner des LKA Hannover zu verdanken. Hauptkommissar Dirk Scheerle ließ es sich nicht nehmen nach Borkum zu reisen, um den fünf Meuterern ein Gesicht zu geben.
Harald Nickoleit, Kunstmaler aus Dresden, hat uns alle Portraits und Ansichten aus den USA gemalt, und das Ergebnis ist faszinierend.
Susanne de Buhr-Bootsmann und Heidrun Meyer waren unsere „Erstlektorinnen“. Sie haben unser Buch verfeinert und uns motiviert.
Außerdem bedanken wir uns bei Tjard Steemann für die zahlreichen Datenblätter aus der Borkumer Familienforschung.
Gerd Gitzen danken wir für seine zur Verfügung gestellten Postkarten.
Kristen Albert unterstützte uns maßgeblich bei der Beschaffung der Bücher 'The Life of Cornelius Wilhelms' von R. E. Elton sowie 'The American Pirate's own Book' von John B. Perry.
Charlotte Rudolph übersetzte für uns den „ Genua-Brief ".

Peter de Buhr & Frieder Grävemeyer

Quellenverzeichnis :

Stadtarchiv Emden, Protokoll 38 Registratur III Nr. 456, Liquidation, die Transkription erfolgte freundlicherweise durch **Dr. Uphoff**, den dortigen Leiter.

Niedersächsisches Staatsarchiv in Aurich, Akten StAA Rep 38 Nr 1581 und StAA Rep. 37 Nr 1639, Karten StAA Rep. 244 C 1951 und A 3561, die Transkriptionen leistete freundlicherweise **Carsten Reuß**, Leiter des Preußen-Museums in Minden.

Sämtliche amerikanische Zeitungen, aus denen wir zitieren, können gefunden werden im Internet unter den Schlagworten :
Old Fulton NY Post Cards by Tom Tryniski ,
es handelt sich hier um ein großes Archiv alter historischer amerikanischer Zeitungsausgaben, die hier für uns relevanten Ausgaben sind mittlerweile public domain,
die Übersetzungen erfolgten durch uns.

Das Graphische Blatt der Emder Zeitung stellte uns **Aiko Schmidt**, wissenschaftlicher Mitarbeiter des Stadtarchives Emden, freundlicherweise zur Verfügung. Er hatte am 23.8.2008 hierüber in einer Wochenbeilage in der Emder Zeitung eine Ausarbeitung verfasst.

Viele Informationen haben wir in dem Arbeitsheft
Flensburgs Handel mit den Dänisch-Westindischen Inseln
Lese- und Arbeitsheft zur Geschichte Flensburgs
für den Heimat- und Sachunterricht im 4. Schuljahr
Flensburg 2009 des Instituts für Heimat- und Sachunterricht (i. Gr.)
der Universität Flensburg
gefunden.

Ebenso fanden wir viele Hintergrundinformationen in dem Heft
Die Flensburger Rum & Zucker Meile
von Jutta Glüsing
erschienen im Flensburger Schiffahrtsmuseum
Schiffbrücke 39
D-24939 Flensburg

Die Herkunft der Bilder und Abbildungen ist bereits genau
im Text angegeben.

Die Originalausgabe der Sonderausgabe der Zeitung **‚THE SUN'** aus New York erhielten wir von **Bill Huntington**,
Archivist der Penrose Library, Whitman College, Walla Walla, USA.

Die Gerichtsakten aus dem New Yorker Gerichtsarchiv wurden uns übersandt von **Gregory J. Plunges**, Archivist des Nationalarchives von New York City.

Dr. Thomas Overdick, Museumsleiter des Flensburger Schifffahrtsmuseum stellte uns bereitwillig die von uns gewünschten Abbildungen zur Verfügung und wir danken herzlich dafür.

Die Bücher
'The Life of Cornelius Wilhelms' von R. E. Elton, New York 1839 und
'The American Pirate's own Book' von John B. Perry, New York 1844
wurden uns von **Kristen Albert** zugesandt.

Die Autoren :

Peter de Buhr

ist Wattführer auf Borkum
und Inhaber des originellen
Museumscafé ´s „ Mackie Messer "

Frieder Grävemeyer

ist Stationsarzt
in einer Rehabilitationsklinik auf Borkum.

Impressum :

Peter de Buhr, Frieder Grävemeyer

Meuterei auf der Braganza

Eigenverlag
3. Auflage, November 2014
Druck und Bindung : Druckerei Sollermann, Leer
Umschlaggestaltung Vorderseite : Dirk Scheerle
Printed in Germany

ISBN **978-3-00-042845-6**

Buchbestellungen:

Peter de Buhr
Am Neuen Hafen 22
26757 Borkum

peter@peter-de-buhr.de

www.wattwandern-borkum.de

Mobil 0172 – 905 9113

Bei der Zusammenstellung von Texten und Bildern wurde
mit größter Sorgfalt vorgegangen.
Trotzdem können Fehler nicht ausgeschlossen werden.
Für Hinweise und Ergänzungen sind die Autoren dankbar.

Im Frühling 2011 erschien das Buch ' Untergang vor Borkum ' Teil 1, geschrieben von Dr. Hellmer Zühlke, Tjard Steemann und Jan Schneeberg. Hier wird der Untergang der Braganza erzählt, basierend auf dem Artikel von Geert Bakker, der auch in unserem Buch abgedruckt zu lesen ist. Alle nachfolgenden Erkenntnisse, und hier insbesondere das Verschwinden des Schiffes ' Patriot ' sowie das Schicksal der Theodosia Alston Burr, ist unser geistiges Eigentum.